ifの世界線

改変歴史SFアンソロジー

生　小川一水

名 練　宮内悠介

講談社
タイガ

目次

イラスト——メト
デザイン——長﨑　綾（next door design）

石川宗生

「うたう蜘蛛《くも》」

テオフラストゥス・フォン・ホーエンハイム――一六世紀のスイス人医師。化学者、錬金術師、神秘思想家と七色の顔を持ち、ひところに留まらず欧州各地を放浪し、不老不死をもたらす賢者の石を創り出したとも悪魔を従えていたともされている。史実よりも謎のほうが多く、後世もなおその全貌は明らかになっていない。あなたにだけこっそり教えるが、これより伝えるのがパラケルススの真なる物語である。

1.

パプゥへィオララ！
ジャジャダジャガジャ！

ドノイアイアカミダァ！
ヘミジャジャダヘミジャジャダ！

この歌ともつかぬ歌の主、舞いともつかぬ舞いの主は実のところ齢《よわい》七〇近くの老婆だったが、一目でそうと見抜いた者はいなかった。

なにしろ足どりは重力を忘れているほどに軽やか、乱れ狂う髪は風に舞う綿毛の群れさながらである。黄みがかった混濁《こんだく》気味の眼はなにかを捉えているようで捉えておらず、視線は向けられた先からあえなく落下していく。襤褸《ぼろ》の麻服は凄まじい揺さぶりに耐えきれず、すぐと帯紐の結び目が解《ほど》けて身体からすべり落ち、一糸まとわぬ姿になった。垂れ下がった乳房がぐわんぐわんと脇腹を打ち、また互いにぶつかり合ってばちんと跳ね返る。尻餅をつき、股を大胆に広げ淫靡《いんび》な野薔薇《のばら》を咲かせたかと思いきや、すくと立ち上がってまたも手足をばたつかせる。あまねく一連の動作は、枯れた肢体をいま再び蘇《よみがえ》らせるべく肉の裡《うち》で四季を目まぐるしく循環させているかのようである。

この老婆を見下ろしていたのは、イタリア南部の町タラントから少し離れた小高い丘に到着したばかりの、スペイン領ナポリ王国総督ペドロ・アルバレス・デ・トレド一行だった。

眼を凝《こ》らせばそれが老婆であることに気がついたであろうが、その正体を突き止める前に関心は逸《そ》れ、総督の視線は紺碧《こんぺき》の海に向かって伸びる細長い目抜き通りへと向けられた。

「なんと奇っ怪な……」

言葉とは裏腹に、総督の口元に広がったのはとろけそうな微笑だった。

タラント特有の石造りの家々の密集具合さながら、目抜き通りに群衆が蝟集《いしゅう》していたのである。

数百人はいるだろうか。誰もが老婆のごとく踊り狂い、奇声を発している。憎いかのように民家の石壁を叩いている者もいる。大地を割らんばかりに踏み締めている者も。

通りはうねる奇声の大河となり、折々突発的に重なり合って大音声《だいおんじょう》が打ち上げられていた。

モギャッギャッギギギギミモギャギャギャア！

ギャギャギャギャガヤ！

アラバアンアニディアブリディ！

「うっ、ぐぐぅっ」総督はこらえきれずに失笑し、麾下《きか》らが一歩退くなか無意識裡に前に踏み出した。

「総督、これ以上近づくのはおやめください」麾下カルロスが咎めるように眼を細め、総督の前に左手を出した。「伝染する可能性もあるのですから。どうぞこれをおつけください」

差し出されたのは鳥の顔をした仮面であった。眼の部分は小さく刳《く》り抜かれ、赤っぽいガラスがはめ込まれており、振り下ろす鎌さながらに屈曲したくちばしがついている。

「これをつけて、余も狂宴に参加しろというのか」

総督が笑みを押し殺し震え声で言うと、カルロスは毅然《きぜん》と答えた。

「いえ、黒死病が蔓延《まんえん》した際に医師がつけていたものです。かの疫病《えきびょう》すら恐れをなし、たちどころに逃げ出したとか。予防策としてつけていただきたいのです」

「ほお。黒死病の盾がこのような矛にも効き目があると?」

「はっきりとは分かりませんが、おなじ類いの禍《わざわい》の可能性もあります」

「この騒ぎは明らかに黒死病ではなかろう。禍どころか、祭り事のようにも見えるがな」

「民がみずからの意志であああしていることは到底思えません。報告では、もう三日三晩と飲まず食わずで踊り続けている者もいるということですから……。詳細はこれからはっきりするでしょう」

そう言って同行していた医師団のほうに目を向けた。彼らはすでに仮面を装着し、医療器具の入った革鞄を携えてタラントの中心部へと続く緩やかな坂道を下っていくところだった。これを見た総督の脳裏にはゴミ漁りを終え飛び立つカラスの群れがよぎり、口元の結びが二重三重にも解かれた。

「なんにせよ、余はつけんからな」

「ですが、総督……」

「余はナポリを俯瞰《ふかん》する身、すでに鳥なのだ。そんなものなくとも、禍のひとつやふたつ羽ばたきで払ってやるわ」

カルロスは困り顔ともあきれ顔ともつかぬ表情を浮かべ、ならばせめてもう少し離れたところで待機したらどうかと提案したが、総督はそれでは町が見渡せなくなる、タラントの民が心配であり、医師団の活躍ぶりも見守りたいのだと咄嗟に言葉を並べ、カルロスも渋々了承した。

さっそくビロードの椅子と日よけ傘が用意され、総督はお気に入りのハチミツ酒のグラスを傾けながら両の眼を細め、あらためて狂宴に眺め入った。

中央広場の水飲み場付近にとりわけ大きな集団がいた。若い男女だ。男に加え女までもが半裸になり、誰彼かまわず身体をぶつけ合い声高に叫んでいる。また初見では気づかなかったが、町のそちこちで落ち葉のように人が倒れていた。ぴくりともしていない。精根尽き果てた者たちか。いま踊っているのは若者が多い気がするのはそのせいか。奇声もばらばらだし、銘々《めいめい》の騒ぎようにも微々たる差異こそあれど、抑揚《よくよう》やリズムが似通っているからか、総督の眼にはふしぎと全体では統制が取れているように映り、それがまた妙な恍《こう》惚《こつ》感をそそるのだった。

それに何より、思いがけない財宝を発見したという昂ぶりを禁じ得なかった。

そもタラントは狩りのついでだったのだ。

居城のあるナポリからタラントは馬車で約一週間の長い旅路、総督みずから危険を冒してまで行く必要はないとカルロスに諫められたのだが、未曽有の変事を一目見たいという好奇心は勿論、平生とは違う見知らぬ土地で狩りに興じたいという誘惑に抗えなかった。しかし悪路きわまりない道中、馬車が荒々しく跳ねっ返るせいで持病のいぼ痔が血を噴いてからは気持ちも急速に萎え、タラントは早々にあとにして狩りに向かう心積もりだった。

だがどうだ。眼前に広がるのは狩りなど軽く霞んでしまうほどの総毛立つ光景ではないか。

ゲバ、ゲバゲバ、

ゲバゲバゲバァ！

ゲバァトウェユワンビロン！

「ゲバァトウェユワンビロン、だとさ！」

総督は心の裡で高笑いをあげた。

と、同時にすぐさま、心を裏返してみずからの舌で絶叫してみたいという興奮に駆られた。ゲバァトウェユワンビロン。服を脱ぎ捨て、若い乙女の弾む乳房に我が身もぶつけてみたい。ゲバァトウェユワンビロン。なんたる笑止千万なまじないか！

誰かにこの名状しがたい高揚感を伝えたくなり、となりに立つカルロスのほうを横目で見やった。いつのまにか鳥の仮面をつけ町のほうに向き直っている。その滑稽な様を見て、はっと気づいた。たった一度聞いただけなのに抑揚、リズムまでくっきり鼓膜に焼き付いているではないか。ゲバァトウェユワンビロン。ゲバァトウェユワンビロン！

「カルロス、おぬしなにか感じないか？」

くちばしが総督に向けられ、ややあって慎重な言葉が続いた。「といいますと?」

「なんというか、民が発している奇声が妙というか」

「いえ、そうですね、わたしは……」

そのときカルロスの言葉を遮るようにして、海辺の聖堂のほうからひときわ高い咆哮が噴き上がった。総督はがばと椅子から立ち上がり、声の主をたちどころに見極めた。

タラントの司教だ。

聖堂前の広場でくるくる回り、深紅の祭服を大輪の薔薇《ばら》のように広げている。自身はさながらぴんと立ったためしべであり、上空に顔を向け、一帯に轟《とどろ》くいろいろの奇声を凌駕するほどの大音声で雄叫《おたけ》びを上げている。

ウォオォォオチレィイイイ!
イツジャシャタウエ、
イツジャシャタウエェエエエ!

表情までは見えないが、ただその声を聞いているだけで額に浮かんだ汗、血走った目、口角にひっついた粘っこい唾液まで仔細に想像がついた。

「神に仕える者まであの始末とはな」

「おぞましい……、やはり悪霊の仕業ですよ」くちばしがかくかくと上下に揺れた。「かの黒死病は信仰の乱れに対する天罰と言われてましたが、この病はいったいなんの天罰か……」

カルロスの言葉は最後まで総督の耳に届かなかった。鼓膜はすでにべつの奇声を拾うのに多忙を極め、そして視線もまたべつの踊る人へ、人へ、人へと移り、いまは町の入り口付近にたむろしている集団に引きつけられていた。医師団である。いかなる理由か、踊り狂っているひとりの男を制止しようと四人がかりで取っ組み合いをしていた。しかし手を出した先から凄まじい身のこなしでするりとかわされてしまう。そうした無益な試みをしばし繰り返したのち、諦めたのか、ないしはほかの踊っていない者を探して話を聞こうというのか、医師たちは四散しはじめた。

この光景を目《ま》の当たりにした総督は瞭然と哄笑《こうしょう》した。カルロスのくちばしが総督のほうに向けられたが、彼はもう感情を隠そうとはせず、むしろこれ見よがしに大胆に笑みを決壊させた。

「気に入った、実に気に入ったぞ……。どうだ、カルロス、なんとかしてこの悪霊を飼い慣らすことはできないものか」

カルロスは少しの沈黙のあとで重たげな口調で言った。「お言葉ですが、総督、それはまたずいぶん話が飛躍しているかと」

「無理無体であることなど百も承知だ。だがその価値は果てしなく大きい。たとえば、だ、カルロス。このナポリ、ひいてはハプスブルク家のために軍事利用できれば。探る価値はあるというものではないか」

鳥の面容そのままに固まっているカルロスを一瞥《いちべつ》し、総督はなおも揚々と言葉を繰った。

「まことに愉快ではないか。戦場で敵兵に悪霊を取り憑《つ》かせ、踊り狂わせるのだ。ウギャギャ、アキャキャと喚《わめ》きながら。矢の雨だって地面に突き刺さる前に恐れをなして空に逃げるであろう。剣が太鼓がわりに大地をのたうちまわり、甲冑《かっちゅう》がちゃかちゃか触れ合うのだ。その隙に、我が騎士たちがばっさばっさと切り捨てる。そうだ、フランスがまた良からぬ動きを見せているという情報も入っていたではないか。もしまたやつらがナポリの地を踏もうというならば、悪霊にダンスパートナーを務めさせるのだ。戦場を舞踏会に仕立て上げ、命尽き果てるまで踊らせてやるのだ」

「しかし、かの黒死病すら制御不能だったのですから、わたしたちにそんな神通力のような真似ができるとは思えません……。なにはともあれ、まずは医師団の報告を待ちましょう」

「おまえがなにを言おうが、余は決めたからな。なんとしてでも悪霊を手なずけてみせる。ひとまずは宴だ、宴。肉の宴を開こうぞ。悪霊との出会いを祝してな。我々もタラントの民に負けず、大いに騒ごうではないか」

総督はハチミツ酒のグラスを一息に干すと、カルロスに着座するよう促し、彼のグラスにもなみなみと注いだ。傾きかけた陽に赤々と照らし出された、影絵のように踊り続けるタラントの民を肴にしながら。

明くる日、調査を続ける医師団を残し、総督一行は深い朝もやのなかタラントをあとにした。帰途にて念願の狩りに繰り出し、お供を連れ鬱蒼たる森に分け入ったとき、弓を引き絞り、弦を唸らせて鹿を仕留めたとき。飛翔するカモを射貫き、水晶の空に血飛沫《しぶき》が染みついたとき。総督は自身の心がいまだタラントの丘の上にピンで刺されたように留まっていることに気がつき、返すがえす驚かされるのであった。

2.

総督が居を構える荘厳な副王宮はナポリ湾の入り江に面していた。海岸沿いは要塞化が進みつつあり、海側から眺望するそれはさながら一個の巨大な岩石のようである。

これも長年にわたる砕身《さいしん》の賜物《たまもの》であった。

ナポリは盤上の遊戯さながら取っては取られての歴史の渦にあり、フランス・ヴァロワ朝が内紛続きのナポリ王国を占領したあと、これをスペインが取り返し、ナポリ王家を取り潰してナポリ総督が支配する運びとなっていた。

ナポリはイタリア半島を睨むのは勿論のこと、地中海での海路の安全を確保する上で重要な拠点となる。

総督はナポリ王国の統治を預かってからというもの、この血なまぐさい遊戯に終止符を打つべく尽力してきた。海軍造船所と城壁の拡張、要塞の改築、副王宮と正方形のグリッド通りの構築。そして略式処刑の制定、夜間武装の禁止。

最たる目標はナポリ、ひいては南イタリア全体を不死身にすることである。

と、いうようなことをご大層に掲げ、民衆に対してはさも厳格で立派な統治者であるように振る舞い、じっさいそのような評を受けていたが、自身の本心はまったくべつのところにあった。

暇つぶしである。

有り体《てい》に言えば、現状に倦《う》んでいたのだ。

ナポリに着任しておよそ二〇年、駆け抜けてみれば一瞬だったものの、スペイン・サラマンカ育ちの彼はナポリという辺境の水にどうにも慣れなかった。常々人は慣れるものだと自分に言い聞かせてきたが、不思議なことに異国はどこまでも異国であり、こんなにも長い歳月が経ったあとでも、彼は起床して窓外に目をやるたび「ナポリにもう二〇年だと！」と嘆かずにはいられなかった。そも街の整備に着手したのも、サラマンカをはじめとしたスペインの街並みに少しでも近づけたいという至極個人的な郷愁から、狩りも憂さ晴らしからである。野鳥狩りなどはしたないとカルロスに咎められもしたがいまだにやめられずにいる。総督の根っこにあったのは祖国のためにナポリなんぞに留まってやっているのだから、せめて好き勝手にやらせてもらうぞという独善的な大義であった。

なにか目新しいことがしたい、ただその一心で五年ほど前に異端審問を試みたこともあったが、発表するやそら恐ろしい抗議の嵐となった。異端審問にかけられた人々は富と財産が没収されるという噂を聞きつけた、貴族による反乱である。結局のところ暴動も起きかねない事態にまで発展し、総督の性根にうすうす勘づいているカルロスを先頭に、麾下の反対にもあって審問はすぐに取りやめたのだが。総督も吝《やぶさ》かではなかった。なにしろただやってみたかっただけだから。問題視されたくないので他言してはいないが、総督はこの時代には珍しくあまり信心深くもなかったのである。

最終的に落ち着いたのは一風変わった愛人づくりだった。

妻は一〇年ほど前に亡くなった。七人の娘息子がいたが、娘はとうによそに嫁入りし、手元には息子が三人残っていた。三人ともすでに成人しており、総督は最近あまり関わっておらず、彼らも彼らで好きにやっていた。揃いもそろって連日イタリア女の尻を追っかけているという報告だけは受けている。

愛人をつくるのは息子らの真似をするみたいで多少気が引けたが、総督の性格上思いついたからにはカルロスに打診せずにはいられなかった。異端審問の件もあってか、それでまたなにか気まぐれを起こさないで済むのならと思ったのか、カルロスは意想外に協力的で、ともに市中を馬車で巡り総督が指さした先から娘を説き伏せ連れてきてくれた。

花売り娘のイサベル。鍛冶屋の一人娘のエレナ。旅籠《はたご》の女中のマリナ。あとで問題にならないようにカルロスは口外無用と金貨をはずみ、総督は娘の震える手を取りさわさわ甲を撫《な》でながら馬車を走らせ、副王宮に向かう前に宝石商のもとに立ち寄って好きな指輪を贈り、仕立て屋では上等な反物《たんもの》を選ばせて後日ドレスを送り届けると約束した。これには大概の娘っこも気をよくして、むしろみずから進んで腕を組んだり、副王宮の寝所に入ればベッドまでエスコートしたりするほどであったが、総督はいざ裸身の娘を前にするとなにもできなかったのである。身体的に。まあ齢七〇過ぎなのだから無理もない話なのだが。娘っこたちにはあっと目をそらされ、口に手を当てられ、いたく同情もされたし、薬師《くすし》のもとで働く娘には塗り薬まで紹介された。あまつさえ麦芽《ばくが》農家の娘っこには裸んぼうのままきゃっきゃと笑い転げられる始末で、総督も総督で憤怒するでもなく今日は調子が悪いのだとしどろもどろに弁明してしまった。かような経緯は市井《しせい》はもちろん、カルロスたち麾下に知られては示しがつかないと愁《うれ》え、総督は毎度寝所を出る娘にたんまり金貨を握らせた。そのため、彼女らはカルロスからもらったのと合わせてほぼ一生分の財産を手にすることになった。まったく無益な情事なので控えればいいものを、ここでやめたらカルロスに勘づかれるかもしれないと強情になり、娘を連れ込んではなにもせずに金貨を握らせて帰すという逢瀬《おうせ》を繰り返すはめになった。

そうしたさなか、ある日の狩りからの帰途に、郊外にぽつんと建っていた屋敷を通りかかったとき、オレンジの果樹の向こうで庭仕事をしている女性を見かけた。亜麻色の長い髪の毛が陽を照り返して、夕暉《せっき》に染まった細川のようにさやさや流れている。総督は自分でも気づかないうちに窓外を指さしていた。

「ぜひ、あれを」

カルロスが連れてきたのは意志の強そうな眉を持った、小麦色に日焼けした細面の女だった。三〇代ぐらいだろうか。心なしか亡き妻に面影が似ているような気がした。

尋ねるでもなく、彼女はみずから身の上話を快活にしてくれた。名はアンジョレッタ・ザンブロッタ。一〇年付き添った貴族の夫を四年前に亡くしてから、遺産を取り崩しながら生きている。いまは料理と掃除をして夫の残してくれた庭園の手入れをしているだけで一日が過ぎてしまう。

「それでもまったく不満はないんですよ。ただ、話し相手がオレンジやカエデだけっていうだけで」

総督は恍惚としてしまった。彼女の見てくれでも話し方でもなく、話の端々にときおり挟まれる、ぴちゃんぴちゃんという雨だれの音を思い起こさせる独特な笑い声に。

驚かされたのはそればかりではなかった。寝所に入るなり、アンジョレッタはすべて知ったふうに手ずからリネンのドレスを脱ぎ、ベッドに入って総督のほうににこりと笑ってみせた。そうして総督がいつもどおりの不能さを見せ、慣れた調子で言い訳を並べても、同情をするでも嘲笑をするでもなくただ抱きしめてくれたのである。とたんに総督もやわらかな産毛に覆われた背に手をまわし、幼気《いたいけ》たっぷりに甘えた。なんだか天国のママに会えたような気がして。アンジョレッタもまんざらでもない様子で、総督の禿げかかった白髪のつむじあたりを撫《な》でながら「おーよちよち」などとあやしてくれた。もっとも帰りしなには総督の差し出した金貨をちゃっかり受け取っていたが。

アンジョレッタにすっかり執着した総督は、以降ほかの娘には声をかけなくなり、週に一、二度みずから屋敷に出向いて彼女を迎えにいった。会えば必ず裸になってベッドに入り、抱き合いながら政務などの近況について話し聞かせたり、アンジョレッタの読みたい本を書庫から取ってきてともに朗読したりした。彼女の乳房や恥部を愛撫することもあったが、総督の不能も相まってエロティックな感じに至ることはなく、ただただふしぎと心に平穏がもたらされるのであった。

タラントへの出発前にもアンジョレッタの安らぎを補給しておこうと落ち合い、その際に伝え聞いていたかの変事について話したのだが、彼女は総督の周囲とはまるで異なる反応を見せた。

「まあなんて楽しそうなんでしょう！　町すべてが舞踏会だなんて。総督も帰ってきたらタラント仕込みの踊りをお教えくださいな」

そうして帰還後に落ち合って見てきたことを語れば、「ではさっそくタラントダンスでも」と彼女は寝所で総督の手を取り、素っ裸のまま大理石の床の上ででたらめに踊った。おなじようなことをカルロスに語りでもしたらいかにも不謹慎だと窘《たしな》められそうだが、かえってそういう乙女のような天真爛漫《てんしんらんまん》たる具合が総督の気に入った。

そんなふうにして踊り疲れ、アンジョレッタの乳房をちゅうちゅう吸っていたおりに扉がたたかれた。無視していると「総督、総督」と慌ただしげな声が続いた。カルロスだった。帰れ帰れと怒鳴り声をあげたが、「しかし報告が届き次第、すぐに知らせよと仰《おつしや》ったのは総督ご自身で」と引き下がらない。

水を差されたことに立腹するのを禁じ得ない総督だったが、これをアンジョレッタがほぐしてくれた。「行ってらっしゃいな。またあとで、もっとたくさん良いものを吸わせてあげますから」

一刻も早く寝所に戻ろうと足早に謁見《えっけん》の間に赴《おもむ》いた総督であったが、使者によるタラントの報告を聞くとたちまちに目の色が変わった。

医師団の調査によると、総督が丘の上から眺望したとおりタラントの民はあらかた舞いの病に冒されていた。いずれの舞い手も意識が飛んでいるようで問いかけに応じず、踊りもやめなかった。ただいずれも苦しんでいるようには見えず、むしろよだれを垂らしながら喜悦の表情を浮かべているように見えたとのことである。

飲み食いせず一週間近く踊り続けている者もいた。あばら骨が浮かび上がるほどやせこけ、革靴は摩擦に耐えきれず破れ、足はそこここにぶつかるものだから血を噴きかさぶただらけ。遅かれ早かれ力尽き倒れてしまう。青ざめ地に背をつけても、天に観衆でもいるのか、上下左右も分からないのか最期まで手足を動かし続けていた。タラント内はいたるところ死体だらけで、糞尿《ふんにょう》と腐敗した食べものの入り交じった悪臭が立ちこめている。医師団総出で舞い手を取り押さえ瀉血《しゃけつ》したり、ヒルをリンパにあてがったり、種々のハーブを混ぜた丸薬を飲ませたりしてもまるで効果はなかった。

極めつけに、現地で調査をしていた医師団の一名がタラントの民と同様に踊りはじめた。やはり呼びかけには無反応で、あさっての方向を見ながら奇声を発し踊り続けているという。

「ときに、その者はなんと申していたか」総督は報告を遮るようにして言った。

「は?」

「その、なんだ、ゲバァトウェユワンビロンとか、モッケケだとか叫んでいたとか?」

「いえ……、そこまでは覚えていませんが」

「総督」とカルロスがじろりと見てきた。「お言葉ですが、いまはそれよりも、あの踊りには感染性があったことを案ずるべきでは」

「そんなもの恐るるにたらんよ。そちは知らんようだが、あの舞いの病は過去にも何度となく起きてきたのだ。そしていずれも単発で終息しておる。その医師は不運だったというだけで、今回も放っておけばそのうち収まるに決まっている」

「過去にたくさんあったなどと、誰が仰っていたのです?」

「余みずから書庫に足を運んで調べたのだ」

なんとはなしに得意気に言う総督に対し、カルロスは一段と声の調子を落として言った。「過去が必ずしも繰り返されるとはかぎりません。黒死病の二の舞にならないとも言い切れないのですよ」

「そちは本当に疑り深いな……。ところで」と使者のほうに向き直って、「その医師はあの鳥の仮面はつけていたのだな?」

「はい、つけておりました」

「ほらな、言っただろう」と総督はカルロスのほうを横目で見やって、「やはりあんなもの効果などなかったのだ、余の言うとおりではないか」とすこし誇らしげに言う。

カルロスは無表情にかすかな嘆息を漏《も》らした。

そんな具合に報告は連日続いた。

タラントの住民は日に日に死に絶えていった。踊りに取り憑かれた者で生き残る者はいないようだった。

踊りはじめた医師のひとりも三日目にして同様の結末をたどった。そしてまた医師団のひとりが新たに踊りに取り憑かれたのをきっかけに、医師団はタラントから不定期の観察を除き距離を取ることになった。

タラントから逃げ出した住民が近隣の町で複数見つかった。

混乱しているのか、人によって話はさまざまである。

笛吹き男が出たという。発生以前、奇妙な風貌の男が町の隅々を渡り歩きながらひょうたんに似た巨大な笛を吹いていた。これまた奇妙な音色で、聞いた先から操られるように人々が踊り出したという。

いや、リュート弾きが出たという。

リュート弾きではない。リュートに似た弦楽器で、聞いたこともない激しい旋律を奏でていた。

弾き手は一人ではなかった。五人、一〇人はいた。

いや、三〇人だ。リュートに、バグパイプに、プサルテリウムに、フィーデルを演奏していた。太鼓もたたいていた。

太鼓だらけの一〇〇人規模の楽隊だった。

彼らは丘の向こうから馬でやって来た。フランス語を話していた。

いや、地中海を渡ってやってきた。話していたのはアラビア語だ。

また、なかには踊らずに、音色を耳にしたとたん苦しみ倒れた住民も大勢いるという。

いやいや、弾き手などひとりもいなかった。一夜にして町じゅうに毒蜘蛛が大量発生し、住民の大多数が噛まれたのだ。司教がそれに噛まれた者は踊り続けなければ命を落とすと言い、みな教会に集まり舞いをはじめた。あまりの熱狂ぶりに我を忘れ、毒が抜けたあともなお踊り続けたという。

医師団はタラントで発生したことから、死ぬまで踊る病をタランティズムと名付けた。

「まったくなにが真相やら分からんが、実にむごたらしいことだ」

総督は報告を受けるたびにそう漏らすのだが、やはり言葉とは裏腹に内心では大いに興をそそられていた。

カルロスには決して漏らさなかったが、総督の最大の関心事はタランティズム発症者がどのような声を発し、舞っていたかにあった。使者にはそのあたりも詳しく報告するように命じ、またその一人ひとりの情報を記した台帳を作るように命じた。そして台帳には挿絵もあったほうがいいと思いつき、そのときたまたまナポリに逗留していたティツィアーノ・ヴェチェッリオに依頼した。以前、妻と娘の肖像を描かせたヴェネツィア人画家である。もちろん、ティツィアーノはタランティズムを恐れたために現地には足を運ばず、医師団から伝え聞いた話から想像して描いたに過ぎなかったが。さらには台帳には上等な中国製の紙を用い、表紙の縁には金箔を配して絹糸で製本させた。

総督は台帳を肌身離さず持ち歩き、暇があればしょっちゅう見返して口元を綻ばせた。

アンジョレッタとの逢瀬でもふたりして枕元でめくった。

「こいつなんぞ、じつに素晴らしい声を発しているぞ。ヘジュゥードレッミダァだと。こっちのやつは、ピポットラァプタスダゥだ！」

「それも興味深いですけど、ティツィアーノ先生の絵も本当に見事で。血が通っているようですわ、ただ見ているだけでわたしもタランティズムに罹《かか》ってしまいそうなぐらい」

「うんうん、その通りだな。今度そなたの肖像も依頼してやろうぞ」

けれども、意気揚々たる総督の頬を引きつらせる事態が起こった。

タランティズムが近隣の町々にまで広がったのである。

「やはり感染性の疑いがあると分かった時点でなにか手を打つべきでしたね」とカルロスが苦言を呈する。

「タラントの民すべてを処分すべきだったとでも？」

「指導者たるもの、ときに厳しい決断も必要かもしれません。異端審問に乗り出したときのような大胆さをもって」

「ふん。そちも皮肉を言うようになったな。まあいい。こうなっては迅速に対処しなければならん。治療法を知る者を外部から募るとしよう」

総督のいつもの気まぐれだろうと思ったが、医師団からも治療法には皆目見当がつかないと報告を受けていたのでカルロスも反対する理由はなかった。「タランティズムを見事治療した者には望みのものを与える」とお触れを出し、麾下に応募者の名簿を作らせ、めぼしい者を宮中に呼び寄せ総督みずから審査にあたった。

まず招来したのはアテナイの巫女を名乗る女だった。ちょいと失礼と、宮中にもかかわらず大理石の床の上にどさっと大量の麻の葉を広げて焚き出し、煙を吸いながらふらりふらりと踊りだした。舞いには舞いをもって跳ね返すのですよ、偉大なる総督さま、そう言ったきり女は白目を剝き、泡を吹きながらなんとも力の抜けた舞踊をはじめた。これに笑っていた総督一同もそのうちにめまいを覚えたので、早急に煙とともに女を追い出した。

ついで拷問器具師が来て、まず長ったらしい前口上を並べた。「ふだん制御できていると思いがちですが、肢体は元来それぞれに意志があり、うっかりすると手前勝手に動き出すのです、逸物《いちもつ》がその最たる証拠であります」カルロスは総督の前でかような下品なことを口にするとはと叱咤したが、総督はかかずらうことなく面白がりながらいいから続けろと言った。タランティズムのような暴れ狂う肢体はこのようにして押さえつければいいのです、拷問器具師はそう言ってじっさいにご覧に入れてさしあげますと総督を拷問椅子に坐らせ、力のかぎりにベルトで縛り上げた。総督は持病のいぼ痔が擦《こす》れて悲鳴をあげ、怒り心頭に発して拷問器具師を宮中のみならずナポリからも追放してしまった。

東洋医学の鍼師は針を刺すだけでどんな病でもたちまちに治してみせると断言した。ためしに市中から余命三ヶ月の病人を連れてきて、死に至る元凶だという首元にぷっくら膨らんでいたこぶに針を突き刺したところ、ぱちんと弾け、病人はぎゃっとその場で絶命してしまった。鍼師は殺人の罪に問われ後日処刑された。

そうした数々の応募者にはじめは面白がっていた総督であったが、どれもこれもペテンか見世物に過ぎなかったのでだんだんと倦んできた。

頃合い、名簿のひとつに見覚えのある名が目に留まった。

テオフラストゥス・フォン・ホーエンハイム。

「カルロス、こやつを連れてまいれ」

謁見の間。

口を挟まれそうだし、テオフラストゥスに懐疑《かいぎ》の目を向けるのではないかと疑り、総督はカルロスふくめ麾下の者には席を外させていた。そしていざ男を目の前にしたとき決断が正しかったと確信した。

なんたる奇天烈な恰好か！

素材が皆目見当のつかない紺の羽織りものと長ズボンに、ぱりっとした雪のように真っ白な襟付きシャツ。シャツの襟元からは深紅の細長い布を垂らしている。靴は上質の革製で黒光りしており、使い込んでいそうなしわの寄った小ぶりの茶革の鞄を持っている。まるで道化師だ！（総督は知る由《よし》もないが、のちの時代でいうスーツである）それに齢は総督とおなじぐらいのはずなのに、この男は二〇歳と言われても信じられそうなほど若いではないか。カールした巻き髪はつやっぽく、頬はほんのり赤みが差し、琥珀色の瞳は衰えを寄せ付けぬほど透明に澄み渡っている。

「おまえの評判はかねてより耳にしていた」総督は驚きと緊張を悟られまいと慎重に言葉を繰った。

「ナポリの総督ともあられるお方がわたしをご存じとは、かぎりない喜びです」テオフラストゥスは恭しく頭《こうべ》を垂れた。

「辺境の総督なんぞがよくご存じでと言わんばかりの口吻《くちぶり》だな」

テオフラストゥスは滅相もないと否定した。総督は一笑してハチミツ酒の入ったグラスを傾けてから続けた。

「まあよい。かの偉大なる学者アウルス・コルネリウス・ケルススをもしのぐ〝パラケルスス〟の異名を持つそちだ。こんな田舎にもしっかり名は轟いている。もっとも、聞くのは良い評判ばかりではないが」

テオフラストゥスは顔色ひとつ変えずに総督を見つめていた。

「実を申すと、そちについては調べがついておる。今回の審査に際して麾下に調査させたのだ」

とは言ったものの、じっさいのところは以前より総督自身が興味を抱いていたので、諸国を渡り歩いている使者に根掘り葉掘り尋ねたり、みずから熱心に書庫に足を運び、テオフラストゥス関連の書物に眼を通したりしていたのではあるが。

「そちはバーゼル大学医学部の教授であったが」と総督は先を続けた。「しかし同時に反抗期の子供さながら医学に対して挑戦的であった。じっさいにそういう類いの文言を記した張り紙を大学内に貼り出し、自身の信念にそぐわない有名書物を焚きつけた。そして放浪の挙げ句、追放に次ぐ追放にあった。ウィーン、ケルン、パリ、モンペリエ……、数知れぬ土地を旅してきたそうだな。とくに我らが敵国フランスでは異端者扱いされ、手ひどい目に遭ったという噂がここまで伝わっているが」

総督は物言わぬテオフラストゥスを直視しながら一呼吸置いてさらに続けた。「そればかりではない。おまえは死んでいるとの噂もあった。伝染病に罹って死んだ。居酒屋でつまらない喧嘩をして殺された。それに、そちに恨みを持つ医療関係者に暗殺されただとか。はたまたみずから命を絶ったとも。遺体はザルツブルクの聖セバスチャン教会の墓地に埋められていると言われている。しかしそんな噂をも超越して生き延びていたとは。そしてこんな遠隔地に姿を現すとはな」

テオフラストゥスは唇だけを動かした。「仮にそれが事実だとして、そうまでしてわたしをここに招き入れたのは？」

「正直に申せば、タランティズムの治療もそうだが、一目この眼で見てみたかったというのがもっともなところだ。錬金術ばかりでなく、妙な術を使うそうじゃな。奇術の類いだとも聞く」

「わたしはなにを行うにしても、この手で触れられる現実を材料にしているに過ぎません」

「調べが確かならば、すでに齢五〇を超えているはずだが、その若さはなんだ。そちは本物のパラケルススか？　もしくは噂に聞く不老不死の霊薬を創り出し、時を克服したのか？」

テオフラストゥスは押し黙ったまま総督を見つめた。総督は口を開いた。「それに、ついになにもないところから人間を創り出したとも聞く。フラスコのなかからな」

「それであれば、じっさいにお目にかけることができます。こやつがホムンクルスでございます」

そう言ってテオフラストゥスが側頭部をこんこんと拳《こぶし》でたたくと、頭頂部の巻き髪の下からひょっこり人の顔が覗いた。東洋人めいた平べったい顔つき、背丈は三センチにも満たなそうである。総督のほうを一瞥し、ついですぐ近くを跳ねていたシラミをひとつまみしてぱくりと呑み込んでしまった。

「こやつのおかげで、痒い思いをせずにすんでおります。まだ幼子でして、たまに頭の上で粗相をしてしまうこともありますが」

総督は無表情を貫いていたが、内心哄笑が止まらなかった。テオフラストゥスが評判に違《たが》わぬ人物であったことが愉快で仕方なくて。「そちほど霧に包まれた人物はいない」

「わたしは夜と霧にまぎれて生きてきた身です。正体を隠しているわけでもなく、霧自体がわたし自身なのです」

「……ふん、口がうまいな」総督は沈黙を賞味するようにしてから口を開いた。「霧はそのうち晴らすとして、いまは本題に入るとしよう。そちはいかにしてタランティズムを治すというのだ」

「音楽でございます」

「さきに来た巫女も舞いには舞いをもって跳ね返すなどと申していたが、まさかそちもおなじような考えではあるまいな。そちは科学全般に長けていると聞いたが、そのような類いに頼るのか」

「現代、音楽は立派な治療法として認められております。音には精神を安定させる力も病を治す力も備わっています」

「論より証拠だ。そちは実演してみせることができるか」

テオフラストゥスは躊躇《ちゅうちょ》なくうなずき、拍子にシラミを追いかけていたホムンクルスがことんと床に落ちた。


総督はその日のうちにカルロスに病人を探させ（内々にうんと重度の者を探せと注文をつけた）、生まれつき全身が麻痺している少女を見つけた。医師から回復の見込みはないと見放され、両親がつきっきりで看護している。

さっそく総督一行は少女の家に足を運び、両親の見守るなかベッドに横たわる少女のもとに集まった。少女は大勢の大人を前にして瞳に恐怖を滲ませている。テオフラストゥスは少女の手首に人差し指と中指をあて、懐より取り出した球体の水晶越しに彼女をじっくり透かし見て、それから床に置いてあった茶革の鞄のひもをほどいた。蛇が出るか、賢者の石が出るか、総督は注意深く見守ったが、出てきたのはまったく意想外なものだった。

ハーディガーディである。否、喫驚《びっくり》したのは楽器自体にではなく、どう見てもそれが鞄に入るサイズではなかったからだ。

総督は今にも叫びたい衝動を堪え、椅子に座しハーディガーディを構えたテオフラストゥスに目を凝らした。

右手でハンドルをゆっくりと回し、指を踊らせるようにして左手で演奏をはじめる。聴き入ってしまった。

どことなく草笛に似た、伸びやかな音色であった。

総督の知る音楽は故郷サラマンカの民謡や教会のグレゴリオ聖歌ぐらいしかなかったが、いずれとも似ても似つかない。せせらぎめいた静穏の底流を思わせながら、身体の芯にまで染み入るような原始的な調べを伴っている。

周囲の者も直立不動のまま傾聴していた。いや、動けなかったと言うべきか。

するとしばらくして、ベッドに横たわる少女に目に見えて変化が起きた。額に大量の汗が浮かび上がり、服がぐっしょり黒ずんできた。呼吸が次第次第と荒くなり、母親が娘の名を叫びベッドに駆け寄った。と、そのとき驚くべきことに、少女ががばとベッドから起き上がったのである。ゆっくり身体を動かすでもなく突然に「おかあさん！」ととんでもなく幸せそうな笑みを破裂させて。親子は泣いてテオフラストゥスに謝意を述べ、無愛想に対応する彼に代わってホムンクルスがぺこぺこと頭を下げていた。

副王宮に戻る馬車のなか、総督は心の裡に溜まっていた疑問をのべつ吐き出した。

「そちはいったいなにをしたのだ」

「ごらんのとおり、音楽を聴かせただけでございます。もっとも、あの娘のために調整した特製の曲ではありますが」

「薬の類いでなくともあんな効果があるのか」

「それ以上です。以前、インゴルシュタットでおなじような症状の患者の治療に当たったことがありました。生命の精気が欠乏していたので、妙薬アゾートを調合して飲ませたのですが、あまり効き目がなく、かわりに曲をこしらえて聴かせたところやはり目覚ましい回復を見せました」

「なぜ、そんなことが可能なのだ」

「人は生来体内に音楽を秘めており、あらゆる病はそれが乱れることによって起こるのです。わたしがしていることは、外側から旋律を聴かせて内なる音楽を調整したに過ぎません」

「あのぽろんぽろんという音が、余らに入っているとでも」

「厳密に言えば生命力、アルケウスなのですが、それが音楽のようにいろいろに脈動しているのです。音というのは振動、つまり笛の穴から出る息の震え、リュートの弦の揺さぶりにほかならず、アルケウスと原理はそう変わりありません。そしてそれは空気中のエーテルを媒介として人の裡に伝えることができるのです」

「なるほど、そういうことであったか」半分も理解できたか怪しかったが、総督は取りあえず相づちを打った。

「もとをたどれば、偉大なるかの古代ギリシャ哲学者ピタゴラスが発見したものです。彼によると、楽の音は人のみならず森羅万象にあまねく張り巡らされています。川、森、大地、国、そして天球にも」

「あの星々がか」

「そのとおりでございます。天球はオーケストラであり、我らが地球を中心に、太陽、火星、金星などそれぞれに音階が対応しており、公転軌道に応じて全体で一種の音楽を奏でているのです。それすなわち、天球の音楽であります。さらに言えば、天球の配置はわたしたちのアルケウス、そして魂、エスピリトゥの具合にも音楽を通じて深く関係しております。ひいては人の運命をあずかっているのです。遠くからだと蜘蛛は宙に浮いているように見えますが、近寄れば実はそこに糸が張り巡らされているように、万象は漏れなくつながり合っているのです」

「ふぅむぅむ」と総督はただうなり、それから「ところで」と話を変えた。「それをもってすればタランティズムを鎮めることも可能なのだな」

「可能です」と力強く言い切った。「タランティズムといえど体内の音楽が狂ったために生じた行動に違いありません、であれば、不協和音に外側から音を加えてハーモニーに調整してやればいいだけのこと」

「うむ、さきの娘を見たあとでは頼もしいかぎりだ」

「ただし、ひとつ条件が」

「なんだ」

「タランティズムの治療対象はひとりではなく多勢、糅《か》てて加えて感染性があるとの話ですから、迅速に圧倒的に施行しなければなりません。その場合、わたしひとりでは到底手にあまる」

「そうやもしれん」

「そこで騎士ないし宮中関係者をお貸しいただきたい」

「……数は?」

「ざっと三〇〇〇」

「そんな規模の楽隊は聞いたことがないぞ。それではナポリ騎士団をほぼ総動員することになる」

「それでも足りぬほどです。広がりつつあるタランティズムすべてを御するとなれば、万単位の弾き手が必要なほど。それに先々、総督が対フランスに、音楽兵器の戦地での活用を見据えておられるならば、今のうちから鍛錬をはじめても損はないかと」

総督は一瞬言葉を詰まらせた。「どうしてそちがそれを知っている」

「わたしは過去、現在、未来を自在に行き来し、覗くことができますがゆえに」テオフラストゥスは微笑を滲ませた。総督が言葉を選べないでいるのを見て取ったあとでやおら先を続けた。「それに、想像するのもそう難しくはありません。タランティズムをじっさいに見たあとであれば、そして迫り来るフランスの脅威を汲み取れば、総督ならそうお考えになってもおかしくないのではないかと」

「まったくそちにはかなわんな。ということはやはり、楽の音でもって逆に人為的にタランティズムを起こすことは可能なのか。あんな悪魔の所行を」

「同様の効果を生み出すことは可能です」

総督は馬車の窓に目を向けた。しかし瞳はなにも映さないまま。そうして再びテオフラストゥスのほうを見た。「そちは成功した暁になにを望む」

「音の実験です」

「実験」

「わたしは医学や錬金術の分野で名を馳せてきましたが、本当のところはずっと音の可能性について探ってきました。無礼を承知の上で有り体に申し上げますと、わたしは自分の実験ができさえすればほかのことはどうでもいいのです。ナポリもフランスも。未来も過去も。歴史も嘘も。そして総督がいまお考えになっている音楽を通じてのタランティズム治療は、また音楽兵器としてのタランティズムの活用は、まさにわたしの興味ある分野と合致する」

総督はにやりとした。「実にそちらしいな。良かろう。騎士を貸し出すとする。この使命、千鈞の重みを持つぞ。できないとなれば、そちの首をはねることになる」

テオフラストゥスは動じることなく答えた。「身命を賭して取り組ませていただきます」

3.

報告が続々届いた。

タラントに死の静けさが訪れていた。

死肉は猛禽類や野犬があらかた食べ尽くし、町は廃墟と化していた。人っ子一人残っておらず、調査に訪れた医師団がときおり幸福そうに踊る亡霊たちを見かけたぐらいである。

タランティズムは少しずつではあるが依然広がりを見せていた。

特に南部への侵食が著しく、イタリア半島を長靴にたとえるならば、かかと付近のタラントを起点につま先のメッシーナまで伝播しており、つまりは足全体が侵されつつあった。ときになにもない土地を隔ててべつの町にまで飛び火することもあり、テオフラストゥスはこれをエーテルを介して空気中を伝わっているためだと説明した（それに対して総督はまたしてもうぅむと唸っただけであったが）。

まだタランティズムが届いていない地域でもその影響は如実に表れ、こと黒死病の恐ろしさを知る民衆は種々の自棄的な奇行に走った。

たとえばはなから踊っていればもうそれ以上踊る道理はないとし、連日お祭り騒ぎの村があった。そこらじゅうでウシのように交わり、ありったけの食べものを喰らい、またどうせ命つきるならばと夜這いに走ったり怨恨を抱いていた相手を殺害したりした。

一部の貴族はイタリア北部に疎開しはじめた。なかには黒死病のように人のいるところに逃げても無駄だと言う者もいて、田舎の別荘に男女の集団で逃げ込み、乱交に勤しんだり順番に艶笑小咄を語って気を紛らわしたりするという趣向に興じた者もいた。

タランティズムの脅威は敵国フランスまで伝わり、ミカエル・ノストラダムスなる医師がこの世は着々と終幕に向かいつつあるとの予言を出して一世を風靡していた。しかし裏では彼の予言を聞きたがる崇拝者らから金品を騙し取り、また救済の方法を示してやるとうそぶいて若い女を野放図に抱いているとの噂もあった。

さらに〝タランティズム狩り〟なる運動が各地で興りはじめ、すこしでもおかしな挙動を見せる者がいたら即刻つるし上げ、袋だたきにして町の外につまみ出した。そのためしばらくするとタランティズム防止のための舞いは人目につかないところでこっそりするのが常となった。

「このままではナポリも遠からぬうちにタランティズムに晒されることになるな」

とか使者には述べつつも、総督の目線は下に落ち、手は台帳を繰っていた。にらみつけるカルロスに臆することもなく。テオフラストゥスというカードを手に入れたという安堵も多分にあるのだろう。

タランティズムの台帳はすでに二冊目に入っていた。逆立ちする者、皮が剝けてもなお尻をたたき続ける者、際限なしに垂直跳びをする者、リズミカルに性交する者、奇声も色とりどりに記されている。もっともティツィアーノの挿絵はどんどん雑になり、ラフ画となって、ついにはフェリペ王太子に肖像画を依頼されたということで打ち切りになってしまっていたが。

「総督さえよろしければ、わたしがお描きしますよ。こう見えても、若いころは画家を家庭教師につけてデッサンのレッスンを受けていたんです」

そう言われてから総督は、逢瀬のたびアンジョレッタに台帳用のデッサンを描かせるようになった。みずからは報告の記述に基づいてモデルを務め、ただポーズを取るだけでなくじっさいに舞ってみせた。口角に泡を溜め、息も切れ切れに。ただ雨だれめいた笑み声を聞きたいがために。

こんなに誰かに夢中になったことはなかった。

長年連れ添った亡き妻にも多分に情が残っていたが、それとはまったき別種の愛情だ。ともに過ごすだけでも十二分に幸福を嚙みしめられたが、やはり一度でいいから生き身の悦びを分かち合ってみたかった。もし叶うのであれば、淋《りん》病にだって罹ってもいいものを！

一方、ナポリ郊外の平野に大規模な宿営地が設けられていた。簡易的な木造の寝所と炊事設備も造られ、テオフラストゥスふくめ一部の騎士はここで寝泊まりしている。

いちおう表向きには来月開催予定のハプスブルク家ナポリ占領アニバーサリーの祝典に

向けた合奏練習とされていたが、こんなご時世、しかも今の今までそんな祝典を催したことはなかったのでそんなことを信じる輩はいなそうだったが。

寝所での朝の戯れのあとの総督とアンジョレッタを乗せた馬車が、ここに向かっていた。ベッドでのエクスタシーにも勝るとびっきりの魔法を見せてやる、と総督が茶目っ気たっぷりに誘ったのである。総督はアンジョレッタとおなじ感動を味わいたく、野営地の立ち上げ以来ここに寄りついていなかった。カルロスの反対も押し切って、テオフラストゥスにここの全権を預けている。

近づくにつれほうぼうから楽の音が散発的に聞こえてきた。ついで賑やかな金属の打ち付けられる音も。

一角からは黒煙も立ち上がっている。

総督がアンジョレッタをエスコートして馬車から降りるなり、予期していたようにテオフラストゥスが出迎えた。アンジョレッタのすがたを認めても顔色ひとつ変えず、総督を見据え辞儀をした。

「一段と賑やかになったな」総督はまわりを見晴るかしながら言った。

「楽器も一通りそろったのでほぼ全員練習に取りかかっています」

「もう三〇〇をそろえたのか」

「猶予がないゆえ、不眠不休で取り組みました。ナポリの楽器職人だけでは数が足りなかったので、わたしみずから設計図を描いて騎士たちに製作させました。鉄も必要だったので資材だけ外部から運搬して、溶鉱炉も作っております」

「もうここはちょっとした町ではないか」総督は声に出して笑った。「うちの騎士は引退後も鍛冶職人なり楽器職人なりに転職できそうだな」

ふたりはテオフラストゥスの案内で楽器保管庫を訪問した。扉を開けたとたん総督の脳裏をよぎったのは、宮中の宝物庫を開いたときの名状しがたい高揚感だった。宝石めいた輝きは決してないが、みずからが慣れ親しんでいないもの、また見たこともないものを前にして総督の目には財宝同然に映った。

「見たこともない楽器ばかりだ」

「こちらはマリンバになります」

「知らんな。あれは」

「アコーディオンです」

「初めて聞く」

「あちらに並んでいるのがクルムホルン、ショーム、ドゥルシアン。コルネット……。それにヴァイオリン、ヴィオラ……。マンドリン、ギタロン」

「見たことのないもののほうがやはり多いな……」

「世間ではまだ開発されていない楽器もあります」

「そちが発明したのか」

「いえ、発明はしておりません、ただ知っているだけです。自分の知っている楽器を作ったまでです」

どういう解釈をしたのか、かたわらでアンジョレッタが雨だれの笑い声をこぼした。それを聞いて気分を良くした総督は言った。「そちの言うことはときに余の理解を軽々超える」

「こんなにたくさんの楽器をすべてお使いになるつもりで？」アンジョレッタが訊いた。

「そのつもりです。必ずしもすべて使う必要はないのですが、逆に言うと、すべて使ってはいけないという決まりもありません。わたしなりにアレンジして採用するつもりです」

「どのような曲になるのかしら」

「詳しくはじっさいに騎士たちの練習風景を見ながらご説明しましょう」

それから三人は保管庫を出て野営地を見てまわった。

敷地内は木の柵でいくつもの区画に分かれていた。どの区画もそれなりの距離が取られている。

訊くと、音と音の仲違いを防ぐためだとテオフラストゥスは答える。

「楽の音とはまことに不思議なもので、音と音の組み合わせをほんの少し掛け違えるだけでアルケウスを蝕んでしまいます。単音であればそんな事態は起きないのですが、二つ以上不合理に重なることでたちまち毒薬にもなってしまうのです。これを不協和音といいます。そのためひとつの区画にはおなじ音を弾く騎士だけを配置しています。そしてとなりの区画には、都合その音と干渉しない音を弾く騎士らを」

「なんだかまどろっこしいが、ということはそのためか、どの騎士も単発の音しか出しておらんのは？　おぬしがハーディガーディを弾いたときみたいなミステリアスなメロディを楽しめるものだと期待していたんだが」

「さようでございます、不協和音を防ぐというのがひとつの狙いです。練習の段階で倒れられてしまっては元も子もないですから。ですが、ほかにも理由がございます」

「なんだ」

「まず、効率化です。ここにいるのはこれまで剣ばかりを振ってきた者たちですので、いきなり曲を覚えろと言われてもそれなりの時間がかかります。そこで各自の担当する音は最小限に抑えることにしました。つまりは楽曲全体を音ごとに分担したと捉えていただければ良いかと」

「ふむ、もっともに聞こえるな」

「ちなみに区画は総じて一三あり、うち一二はそれぞれの音に相応した区画、ひとつは音《ね》色《いろ》を持たない打楽器用の区画です。いま総督がおられるこの場所はキーB班の区画になります。そしてこの区画のなかでも担当楽器によってまた細かく練習場所を分けております」

「なんと芸の細かいことか」

「さらに、最小限の音しか弾かせないもうひとつの理由としましては、このたびわたしが採用した楽曲がアルケウスを揺さぶるほどに非常に強力だからです。タランティズムと闘うそのときを除き、無闇矢鱈と楽曲を演奏するわけにはいかないのです。本番では各騎士に自分の演奏に集中してもらうべく、そして彼らまでもが楽曲に影響されないですむように、念のため耳栓をつけさせようと考えております」

「しかしおかしくはないか。この野営地では練習とはいえ、楽曲全体とおなじ音が流れているのだろう？　であれば、結局は楽曲全体を演奏しているのとおなじ道理ではないのか？」

「それもまた音の面白いところです。それぞれの音は単独で弾きならしても十分な効果は得られません。しかるべきタイミングでしかるべき音を出さないと音楽は成り立たないのです。これは料理に似ております。総督は焼き菓子はお好きですか？」

「余は甘いものは好かん。しかしアンジョレッタ、そちは大好物だろう？」

「ええ、大好きですわ」静聴していたアンジョレッタは急に話を振られたことに目を丸くした。「特にフロランタンには目がなくて」

「それはよろしい」とテオフラストゥス。「そういった焼き菓子には往々にして卵、バター、砂糖などが入っていると思いますが、それらを材料のまま別々に食べても美味でしょうか？」

「まさか！　それどころかきっと吐き戻してしまいます」

「それと同様のことが音楽にも言えるのです。すべて一遍に、しかるべき配合で行わないといけません」

「してみると」と総督はうっすら生えたほおひげを撫でた。「まことに奇妙な想像だが、それぞれの騎士は時計の歯車みたいではないか」

「おっしゃるとおりでございます」テオフラストゥスは語気を強め、片笑みをくっきりと浮かべた。「これはまさに人力の音楽発生装置です。オルゴールのようなものに近いかと」

「オルゴールとはなんだ」

「音楽を仕込んだ魔法の小箱です。ただ開けるだけで楽の音が流れ出すのです」

「ほお。しかし騎士の場合は勝手に演奏はせんだろう」

「そこでわたしが指揮を執ります」そう言って懐より赤い旗を取り出した。以前鞄からハーディガーディを取り出したときのように、とても懐にしまっておけるとは思えない大きさである。「この手旗で全騎士に信号を送り、それを合図に各自に演奏をさせるのです。さすればナポリ騎士団は歴としたオルゴールに様変わりします。総督をはじめナポリの民に盛大なる演奏をお聴かせすることができるでしょう」

「なんて素敵なんでしょう！　不謹慎かもしれませんが、そんなオルゴールを聴けるのなら、タランティズムがはやくナポリにまで来てほしいとさえ思ってしまいますわ」

アンジョレッタはすこし気恥ずかしそうにうつむき加減に言った。総督も言葉には出さなかったがまったく同様のことを感じていた。

馬車が野営地を離れたころには陽はとっぷり暮れていた。

暗がりのなか、総督はアンジョレッタのすべすべした手の甲を撫でながら野営地での出来事を振り返り、熱っぽい口吻で語った。「アンジョレッタよ、こんなことカルロスには口が裂けても言えんが、余はいまこの憂慮すべき現状を大いに楽しんでいるようだ。何もかもが未曽有の経験ばかり。それに、そちがいる」

「総督、あなたはきっといま人生の春を謳歌しているのですよ」

「春か」

「わたし、思うんです。人って誰もが歳に関係なく一度は春を経験するものだと。季節って、どこから数えるかによって巡り方が違うでしょう？　たぶん人によって始まりの季節が違うんです。総督は夏生まれの人だったんですよ。秋を経て、冬を経て、ついに春が来た」

「ではアンジョレッタ、そちの季節はいまなんなのかね」

「春ですよ、春真っ盛りです。でもわたしは珍しいことに、生まれてこの方ずっと春に留まっているんですよ。前の夫とも、総督あなたともご一緒できて幸せです」

「そうか。余もうれしいかぎりだ」

「春なくして散る人生など考えられませんもの。総督、いまは目の前の春を目一杯楽しむとしましょうよ」

4.

皮肉にもアンジョレッタが希《こいねが》ったとおり、タランティズムは衰え知らずに拡大し、ナポリ付近の村々を呑み込むまでとなった。

ナポリ内もタランティズムの足音が大きくなるに比して、次第にせわしなさを極めてきた。黒死病がいまだに記憶に新しい住民は食べものの買い占めに走り、家に閉じこもって錠を掛けた。これまでは対岸の火事として冷笑の対象になるときもあった〝タランティズム狩り〟が本格的に活発化し、そちこちで疑わしき人々への差別、暴力が見られるようになった。

宮中も暗雲垂れ込め、カルロスはじめ麾下らは常に鳥の仮面をつけるようになった。総督が無意味だといくら諭したところで聞く耳を持たず、「しかし総督、万が一にも効き目があるかもしれませんよ！」と、総督の知らぬところでは自宅にて眠っているときもつけっぱなしであった。また一部の者は執務もそっちのけに炊事場に入り浸って総督用の馳走をたらふくぱくつき、炊事場の女たちに言い寄って階段裏や裏庭の茂みなどでことに及んだ。それも口説き文句はおまえにも特別な鳥の仮面をこしらえてやるというものだった。

この時分に街中でも鳥の仮面が流行《はや》りだした。鳥の仮面をつけた貴族のすがたを見かけた者たちが、ああすればタランティズムを防げるのだと解釈し、職人に依頼するかみずからこしらえたのである。鳥のみならず、強い動物のほうが効果があるという風説も流れ、ライオン、トラ、ゾウなどの仮面をつける者も現れた。それにどういう理屈なのかカエルだのサルだのヘビまでいて、タランティズムの舞いがもがき苦しむ蜘蛛に酷似しているという由から、目には目をという発想で蜘蛛の面をつける者も多かった。

あれだけ楽観的だった総督も、周囲の雰囲気に気圧されて悠長に台帳をめくっていられなくなってきた。別段みずからの死など怖くはなかった。怖いのはただアンジョレッタとの平穏な日々が壊れてしまうことである。

それだから彼女を常にそばに置いておこうと宮中に呼び寄せた。アンジョレッタは屋敷の庭木が心配だということ以外案外けろっとしたもので、ふたりして動物の仮面づくりをしたり台帳用のデッサンをしたりと、ひとときのあいだ愛の芽生えたてのカップルみたいに甘い時を過ごしていたが、しかしこれがかえって裏目に出てしまい、日々が満たされているだけに総督はよりいっそう現状が破綻することに怯えるようになった。夜ごとに大息《たいそく》をつき、ハチミツ酒を浴びるように呑んで、就寝前にはアンジョレッタの乳首が黒く変色してしまうほどにきつく吸った。そうして朝を迎えるたび、彼女の健やかな寝顔を見ながら自身に言い聞かせるようにして何度となく決意を新たにするのだった。「もはやほかの町のタランティズムを気に掛けている余裕なんぞない、アンジョレッタを守るためにもいまはナポリの防衛が最優先事項だ！」タランティズム対策に関するテオフラストゥスの報告を今かいまかと待ったが、日経たずして指をくわえて待つのは辛抱できなくなり、連日使者を送って進捗状況を問うた。テオフラストゥスは騎士の演奏練習と並行してナポリの中央広場に演奏用の仕掛けを建設しはじめたとのことであった。

その間にナポリ内でとうとうタランティズムが発生したとの報を受けた。

街外れに店を構える靴屋である。朝方、トンカチを振るっているときに突然に訳の分からない奇声を発し、ふらりふらりと舞いながらあたりかまわずトンカチを振るいだしたとのことだった。軒を連ねる店々の窓ガラスを割り、壁にへこみをつくり、野良犬の頭蓋骨をかち割って。カルロスらは感染拡大を防ぐために即刻捕まえて処刑すべきだと提言したが、はやすでに〝タランティズム狩り〟の者たちが靴屋を取り押さえ、寄ってたかって打擲《ちょうちゃく》し、ずだ袋に入れて街の外に放り出していた。本来刑罰に相当する残虐行為だが、総督はことがことだけに不問に付した。

ただ問題は舞いを舞ったのが靴屋に留まらなかったことだ。妻、子供、愛人、またもうひとりの愛人、さらにもうひとりの愛人と靴屋の身近な人にもタランティズムが感染《うつ》ったのである。

タランティズム自体よりも発生の知らせのほうが一足早く街じゅうに広がり、あっという間に往来は閑散とし、目につくのは仮面をつけた者ばかりとなった。

「ナポリは死んだも同然だ」

「もうあの区画ごと封鎖するほかないのでは」

「いや、焼き払ってしまえ！」

「おおナポリ、おお我が麗しのアンジョレッタよ！」

総督と麾下らが口々に嘆き激昂していた折であった。使者とともにテオフラストゥスが現れたのは。

「いったいなにをしておったのだ！　もうすでにタランティズムの魔の手が及んでいるのだぞ」

「たいへん申し訳ありません、最後の仕上げに取りかかっておりました。万事抜かりなく準備できております」

「事態は急を要する。すぐにでもはじめてもらいたい」

「お任せください。いかなる邪の者だってしっぽを巻いて逃げ出す、前後不覚の音楽をお約束いたします。タランティズムをめぐる物語もこれをもって大団円といたしましょうぞ」

「そちの首がかかった魂の楽の音だ、楽しみにしておるぞ！」

ナポリの城門が開いた。

街なかに数知れぬ靴音が谺《こだま》した。

地鳴りめいた行軍である。

戸締まりをしていた住民も窓を開け、または扉の隙間から往来に連なる騎士団のすがたを認めた。ただし騎士らは甲冑をまとっていなければ剣も盾も持っていない。かわりに複数人で引いている荷車に途方もなく大きな太鼓を積んでいたり、片手にフィーデルと弓を持っていたり、肩からサックバットに似た金管楽器を提げていた。それが我らがナポリ騎士団と分かったのは先頭をゆくひとりが旗幟《きし》を掲げていたからである。

一部の住民は郊外の平野で騎士団が楽器演奏に明け暮れていることを知っていた。そしていったい誰が広めたのか、それがタランティズム対策に関係していることも。久方ぶりに表に出て顔を合わせた人々は言い合い、噂が噂を呼びまた噂を焚きつけて、あのナポリ騎士団あらためナポリ楽団が悪魔討伐をしようとしているのだ、剣なくして魔術の類いで邪気を追い払おうとしているのだとして、一部はその勇姿を目に焼き付けようと行軍のあとに続いた。

騎士団は中央広場に到着すると、広場の円周に沿って等間隔に建てられた木造の建物に陸続と入った。広場中央に面した側は壁がなく、また天井は音が抜けるように吹き抜けになっている。全部で一三あり、野営地で音階ごとに区分けされていたとおりに騎士団も分かれていた。

総督とアンジョレッタ、カルロスら麾下はテオフラストゥスに続き、広場中央にしつらえられた演壇にのぼった。五メートルほど高く造られており三六〇度が見渡せる。

騎士団についてきた民衆も徐々に広場のあまった空間を埋めだした。皆が皆動物の仮面をつけており、くちばしやら長い耳やら飾りの毛やらがゆらゆら揺らめいている。広場のぐるりを囲む住居施設は軒並み窓が開けられ、おびただしい数の熱い視線が注がれていた。

「世界の中心にでも立っているような気分ですわ」アンジョレッタがささやき声で総督に言った。

「余は役者にでもなった気分だよ」

「いずれもあながち間違いではないかと」ふたりの声を拾ったテオフラストゥスがすかさず言った。「この場所であればこれから起こることすべてを目撃できます。この時代においてまだ誰も為しえていないことを。そして総督、あなた様は完璧にご自身の役割を演じておられる」

「余の役割とは？」

「わたしにこのようなスペクタクルを用意させたことです。そしてその許可を与えるだけのたいへんな度量があった」

「変わらず口がうまいな」

「極めつきに」とテオフラストゥスは続けた。「楽の音に実にふさわしい都市をお造りになられた」

「どういうことだ」

「この広場は反響の面で完璧なのです。周囲を囲む建物が増幅装置となって音量を何倍にも膨らませ、また四方に伸びる大通りを伝って遠くまで届きます。さらに総督が建設された海岸沿いに伸びる要塞が壁となって音が都合良く跳ね返ります。これが反響装置の役目を果たし、ナポリ全体にまで楽の音が響き渡るはずです。わたしは以前、この街の構造を一目見たときにいたく感動いたしました。まさに音楽都市であると。叶うのであれば、いつかここで音楽の実験を行いたいと。そしてとうとう時運が巡ってきたわけです」

「そちはどうし……」

総督が訊こうとしたとき、伝令から騎士たちの準備が整ったとの連絡が入った。一瞬の沈黙ののち、テオフラストゥスは総督に辞儀をしてさっそく演奏に入ると伝えた。

「はじまりのドラムロールを！」

叫びを発し、懐より取り出した手旗を高々と掲げると、幾百ものプロヴァンス太鼓が一斉にたたかれた。

ダダダダダダダダ！

総督の立っている壇の木材がみしみしと軋み、広場全体が地割れでも起こさんばかりに震えた。カルロスらは両耳をふさぎ苦悶の表情を浮かべていたが、総督ははたと下腹部のあたりが快く疼くのを感じ、またかたわらではアンジョレッタがお腹のあたりをさすりながら少し艶めかしい微笑を宿らせていた。

そうして太鼓の音が止むと、テオフラストゥスがいきおい手旗を振り下ろした。

ナポリが揺れた。

おぉ、おぉぉぉおぉぉぉおおおおおぉぉぉぉ！

刹那盛大な楽の音が鳴り響いたかと思いきや、やにわにどよめきが続いた。広場が窪地であるかのように谺となり、幾重にも重なり合って輪唱のごとく続いた。すこしのち霧が晴れるようにどよめきが引いていくと、ナポリ騎士団の演奏が明白に輪郭を帯び、ひいてはそれがすべてとなった。

なんだこれは。

この世のものとは思えぬおぞましい旋律。悪魔の群れの大移動、またあるいはあらゆる音同士が競い合うように摩擦を起こして悲鳴をあげているようだ。しかしそのくせ不安になるような類いの音ではない。リズムが心音に似通っているからか異様な昂ぶりを覚えてしまう。

それにどうだ、もうさっきまでの光景は跡形もない。

広場が振動している。

皆、踊り狂っているのだ。

タランティズムにやられたのか。

いや、タラントで見たものとはなにかがすこし違っている。

熱気だ。手で触れそうなほどの白っぽい熱気があたり一帯から立ち上っている。

壇のすぐ真下では有象無象がぶつかり合っている。ウサギが、ネコが、サイが、シカが、サメが、コウモリが、イヌが、カメが、数多の仮面が蠢動《しゅんどう》している。なんというとけない仮面舞踏会か！　また一方では仮面とともに服を脱ぎ捨て、たがいの贅肉の弾み方を楽しむかのように胴体をぶつけている者も数多いる。

すこし後方では水の流れに翻弄される海藻みたいに揺れている者たちがいた。また頭を振り子のように上下に激しく振っている者も。

ぐるりの建物のベランダや屋根から幾人もの人が飛び降りていた。都度地上で踊っている者たちが彼らを受け止め、瞬く間に熱狂の渦に呑み込んでしまう。

泡を吹き倒れている者もかなりいる。

そう、タラントのそれよりももっと人々の動きに統制が感ぜられる。騎士団の演奏の拍子に釣られているかのような。

と、そのとき視界が何者かの手で遮られた。が、やや遅れて気がつく。総督自身の手だったのである。手が独りでに動いていた。足が独りでにステップを踏んでいた。知らぬ間に踊っていたのだ。広場が揺れて見えたのはそのためか。

麾下も踊っていた。目を見開き歯を食いしばりながら。引きも切らずに奇声をあげながら。カルロスは仮面がとれ青ざめ倒れていた。失禁している麾下もいた。

テオフラストゥスも踊っている。

……否、ただ手旗を振っているだけだ。舞いを踊るがごとく華麗に。

「なぜ、そちは踊らずにいられるのだ……」

だが総督の言葉がテオフラストゥスに到達することはなかった。舌が麻痺しているのか言葉を繰り出せない。よだれが止まらない。

テオフラストゥスは手旗を振るのをやめることなく言った。「総督、仰りたいことはよく分かります。あなたにはすべてをお教えいたしましょう。ここまで協力していただいたあなたには知る権利がある」

総督はただ舞っていた。手旗のきらきらした閃きに見とれながら。

「単純なことです、わたしにはこの音楽に免疫があるためです。反面、総督はじめナポリの民にはない。ただそれだけのこと」

総督はただ舞っていた。我が身の羽毛のような軽さに驚きながら。

「あなたがたに免疫がないのも無理からぬこと。いま演奏しているのはガンズ・アンド・ローゼズの『ウェルカム・トゥ・ザ・ジャングル』をアレンジしたものですから。このあともモトリー・クルー、ザ・ダムド、レッド・ツェッペリン、ディープ・パープルととびきりのハードロックを多数演奏する予定です」

総督はただ舞っていた。鼓動の高鳴りに酔い痴れながら。

「騎士には広場で異変が起きても演奏を続けるようにと指示しております。異変が起きるとしたらタランティズムのせいであり、むしろそれを克服するために演奏を続けなければならない、と。彼らまで踊ることはまずありえません。彼らのいる建物は外部の音があまり入ってこない仕様になっています。それに音を打ち消すには音というのは真のことで、自分たちの出している楽の音が大きいために楽曲全体を聴くことはかないませんから」

総督はただ舞っていた。空の青の青さに心を通わせながら。

「お察しのとおり、タラントの一件もわたしが関与しています。もっとも、わたしだけではなくフランス兵で結成した小楽団とともに起こしたものになりますが。フランスは非常に協力的でして、ナポリを落とせるならばと、向こう三〇年間の音楽実験に関する全面的協力と費用負担を保証してくれました。彼らも総督と同様に兵器としての音楽の利用を考えているのですよ。ちなみにこのあとしばらくしたらフランス軍がここに入城する段取りになっています。まあほうっておいてもナポリは遅かれ早かれタランティズムに毒されていたことでしょうから、わたしはただ時計の針を早めたに過ぎません」

総督はただ舞っていた。天を仰ぎながら高く、より高く。

「申し上げたように、わたしはただ実験がしたかったのですよ、総督。この時代のあなた方がどのような曲でどのような反応を示すのか、わたしの関心は専らそれだけにあります。まあいいじゃないですか。この世はフラスコ、人はみなマテリアルでしかないのですから」

テオフラストゥスの言葉はもはや総督の耳に届かなかった。

いま総督の鼓膜を打っているのはほとばしるプロヴァンス太鼓のビート。血管を駆け巡るのはギタロンの優雅なる波の調べ。そして幾百にも重なり合った重厚なコントラバスがもう感覚のない両の足をしっかと支えていた。

心に宿っていたのは恥辱ではない。悲しみでも。悔悟《かいご》でも。

宿っていたのはかぎりない悦びだ。

なぜならかたわらにアンジョレッタがいたから。いつのまにか服を脱ぎ捨て、ふくよかな乳房を弾ませ舞っていたから。肉体を置き去りにしてしまうほど軽やかに、きらびやかに。雨だれの笑み声を絶え間なく降り注がせながら。目と目が合い、にかっと微笑んだ。さもみずからの自由意志で舞っているかのように。総督も気づかぬうちに微笑んでいた。己の服を剝いでいた。舞っていた。やはりみずからの意志であるかのように。そしてアンジョレッタと肌と肌を、肉と肉を、心と心を合わせながらさらに舞った。舞った。舞った。甘美な黄色い雨だれに打たれながら。もう言葉なんて要らない、もうどうだっていい、ナポリもフランスも、未来も過去も、歴史も嘘も、そのままどこまでもいつまでも踊っていられるような、ずっと希っていた悦びの交わりをはたとそこに見出せたから。

「パニック――一九六五年のＳＮＳ」

宮内悠介

商社勤務の佐田雄隆《さだゆたか》は帰宅するなり、日本電気開発のパーソナルコンピュータ「イザナギ3」を起動した。イザナギはすでに黒電話の専用端子とつながっている。またあの「ピーガー」ですか、ととがめるような妻の視線を気にしつつ、それを無視してかちりと白黒テレビの電源を入れた。

このごろ、こればかりやっていることは自覚している。

だが、妻にはわからないかもしれないが、これは面白いのだ。十年つづけた煙草をやめたのも、このためだ。ピーガーは国策なので通信費は安いが、それでもばかにならない。だから、煙草代をそれにあてたというわけだ。

イザナギを操作し、閲覧用のプログラムを起動する。

やがて独特な通信音、ピーガーの由来が流れ、画面に「友人たち」の発言が並んだ。

友人とは便宜上の表現で、実際の友人もいれば、友人でない者もいる。こいつの発言は面白いから追おう、と佐田が決めた相手だ。本名を用いる者もいれば、筆名を用いる者もいる。この匿名性が、ピーガーの面白さの一つである。

内容は身辺雑記や床屋政談、ただの駄洒落など多岐にわたる。しかしこの日はやや雰囲気が変わり、どことなく剣呑な空気があった。

――ホンニン　ガ　ノゾンデ　マネイタコト

――オオゲサ　ニ　サワグ　コトデモナイ

それから、幾度にもわたってくりかえされる言葉がある。

――ジコセキニン

がそれだ。やがて、佐田はおおもとの情報にたどり着いた。

――カイコウ　タケシ　ベトナム　ニテ　ユクエフメイ

「これは大変なことになったぞ」

佐田は身を乗り出してつぶやきつつも、口元はというと、うっすらと嗜虐的《しぎゃくてき》な微笑が浮かんでいた。

右の導入は筆者《わたし》による創作である。が、事実このようなことが起きたのだ。ある書き手が、持てる力のすべてを賭けた長編――。

開高健《かいこうたけし》にとって『輝《かがや》ける闇《やみ》』はそのような作となるはずだった。いわば、流行作家という生ける屍《しかばね》にならないためのの。少なくとも、この本がベトナム戦争の現地取材記になるかもしれなかったことは、のちのインタビューで氏自身が語っている。

しかし実際に出版されたそれは、日本中から「愚か者の非国民」の烙印を押された氏が、一連の騒動の顛末《てんまつ》を語るものとなった。

真にベトナム戦争について内側から語られたであろう日本文学は、永遠に失われた。結果、『輝ける闇』は世界初のウェブ炎上の記として歴史に名を刻み、そしてそれは確かに一人の人間の切実な叫びが克明に記された書でもあった。が、これは氏の本意であったろうか。

なお正確を期するなら、一九六五年二月十六日付の朝日新聞報道は、開高が行方不明になったというものではない。ベトナムの前線でいっとき行方不明となり、そののちに救助されたというものである。しかしいずれにせよ、ピーガーを通じて発せられた声の群れは、闇の奥から突如として噴き上がった。

——ヒト　ニ　メイワク　カケルナ

——カイコウ　ノ　バイメイ　コウイ

——ツギ　ニ　ダス　ホン　ノ　センデン

——ジサクジエン

声はやむことなくつづいた。そしてまた、例のあれである。

——ジコセキニン

——ジコセキニン

個々人がそれぞれ独自に交流する楽しみであったはずのピーガーが、どこでどうボタンをかけ違えられたのか、いっせいに一つの声の塊となった。そうした状況を危惧する声や氏をかばう声は巨大な黒い塊に掻き消され、吊し上げの合唱はやむことなくつづいた。

声の主のほとんどは、本来であれば、他愛ない日常の話をしていたような、あえて言うならば善良な個人であった。どうしてこうなったのか、いつ引き返せなくなったのかはもはや誰にもわからなかった。

事実、それはパニックとでも呼べるような状況であった。

「開高事件」として名を残した、そしていまなお色褪《いろあ》せぬ、世界最初のウェブ炎上事件である。わたし自身、海外の危険地帯などを取材して発信することもあるため、けっして他人事ではなく、また正直に打ち明けるならば開高へのシンパシーもある。

とはいえ、いまとなってはこれも半世紀以上も前の出来事である。

したがって、まずはなぜそのようなことが起きたのか、前提としてどのような下地があったのか、当時の情報環境について整理しておこう。

なぜ日本がかくも早く大型汎用機、さらには現在で言うホストコンピュータやパーソナルコンピュータまでもを早々に独力で完成させることができたのか。この謎については、もとよりさまざまに憶測や考察がなされていたが、おおよその全貌が解明されたのは、一連の公文書などが開示されたのち、二十一世紀に入ってからのことである。

首相当時の鳩山一郎《はとやまいちろう》がソ連との国交正常化にあたって彼の地を訪れたとき、巨大コンピュータを目にして、これからはコンピュータの時代であると開発の梃子《てこ》入れを急いだという話はよく知られている。それにしても、開発速度は一種異様と言えるほど速く、また、これはトップが参入を決めたからといってすぐに列強に追いつけるような分野でないのは明らかだ。

では、いったいどのような魔法が使われたのか。

理由の一つは、高度経済成長である。そして実はもう一つ、重光葵《しげみつまもる》外相の働きがあった。一九五六年の国連加盟時、「日本は東西の架け橋になりうる」と演説をして拍手で迎えられた重光が、その帰り道、こっそりと米国のコンピュータ開発の機密情報を持ち帰ったのである。

いま振り返るなら、これはなかば敗戦国の意地のようなものであったかもしれない。終戦直後、首相就任目前にGHQに公職追放された鳩山や、戦争の降伏文書に署名する役を負わされ、その後には日米相互防衛条約を一蹴された重光が、怨恨をつのらせて米国を出し抜いてやろうと考えただろうことは想像にかたくない。

しかし一九五九年に待望の国産大型汎用機L－1が完成したとき、二人がすでに没し、実物を見ることが叶わなかったのは、皮肉と言うほかない。

その後、L－1はさらなる改良を施される。

L－1を中心に、国民一人ひとりが端末を持つという全国民情報化の構想である。

旗振り役は、かの岸信介《きしのぶすけ》であった。「昭和の妖怪」たる氏がこれを着想し、その源にはかつて傾倒した北一輝《きたいっき》の影響があったといういかにもそれらしい話もあるが、現在では、これは通産省からの働きかけによるものとされており、またそれを示唆する証拠もある。

そしてもう一つ、小型コンピュータの開発である。

全国民情報化の方針から、L－1は改良されて通信の拠点、すなわち現在のホストコンピュータの先駆けとなり、それと並行して、家庭に置けるような小型のコンピュータが構想された。

通産省の先見の明か、あるいは単に我々が小さいものを作ることを好むせいか――集積回路が実用化されるよりも前に、机上ではすでにマイクロプロセッサが完成し、その実現のため、重光が盗み出した情報の一つ、シリコンプレーナIC技術の実用化が急ピッチで進められた。

世界のミニコンピュータが冷蔵庫くらい大きかった時代に、通信端子から映像出力端子までもを備え、卓上で動作する小型コンピュータの「イザナギ」が日本電気によって発売されたのは、こうした背景によるものである。かくして、L－1を中心に人々がイザナギを端末として接続する環境、今日《こんにち》ではダム端末と呼ばれる仕組みができあがった。

この一連の国家プロジェクトは、一説にはコンピューティングの歴史を二十年早めたとまで言われているが、これは仮定にもとづいているため、厳密にどうであったかは定かでない。

情報化で立ち遅れたこと、そしてあのとき重光によって機密が盗まれていたことに気づいたアメリカは強く抗議したが、あれは鳩山時代にソ連から盗んだものだと池田勇人《いけだはやと》はぬけぬけと言ってのけ、そして逃げ切った。新安保条約も調印されたばかりとあり、両国は穏当な技術交流へと舵を切ったが、ケネディは怒り心頭でホワイトハウスの机を蹴りゴミ箱をひっくり返したという。

当初、政府はL－1を中心に国民掲示板なるものを立ち上げた。「全国民情報化」実現への第一歩である。ところがこの初期版は使いにくいと評判が悪く、また利用者数も芳しくはなく、やがて人々を参加させるには匿名性が必要であると官僚たちは結論づけた。

政府は企業と連携してシステムの改善を図った。

まず、参加者が匿名であること。当時の磁気ディスクの容量の関係から、個々の発言は短文であり、また順次消えていく。期せずして、この短文限定というのが受ける契機となった。システム全体の名前は変わらず国民掲示板のままであったが、皆はそれをピーガーと呼んだ。

人々はイザナギを用いて白黒テレビを前に匿名の交流をはじめ、画面に食い入る姿勢や、熱心に発言するその様子から「スズメ族」などと呼ばれた。この卓上コンピュータが、「イザナギ景気」の名の由来であることは言うまでもない。

以上が、現時点からざっと振り返った一九六五年当時の日本の情報環境である。

これがやがてパソコン通信の時代を経て、現在のインターネットへつながっていく。

なおアメリカのアポロ計画があのような異様な速度で実現したことや、結局のところIBMがその後覇権を握ったことは、池田勇人時代の技術交流によるところも大きく、当時の政府の判断を恨む声もないではない。いずれにせよ、現在半導体をはじめ各分野で大きく遅れを取っている日本にも、このような時代はあったということだ。

そうして、情報工学史上最初の炎上事件は起きた。それも、当代きっての流行作家を主役として。この一件は、開高事件としてウェブの百科事典にも項目がある。

しかしこの事件には、まだ未解明部分が残っているのである。

たとえば、以下の二点についてはどう考えられるだろうか。

——世界初の炎上事件はなぜ起きたのか？

——それは集団の狂気とでも呼ぶべきものだったのか、それとも仕掛け人がいたのか？


一見すると、この件はすでに語り尽くされているような印象を受ける。

それはひとえに、開高自身が総括とも呼べる『輝ける闇』を著したことに由来する。そしてそれに対し、無数の評論がなされたからでもある。

が、開高の筆に当事者性のバイアスがかかっていることは疑いなく、また評論は歴史研究と異なることには留意すべきだろう。

開高の訴えた「匿名の集団の恐ろしさ」は一つの教訓として世に残り、そしてまた、かのハンナ＝アーレントの名句「凡庸な悪」とほとんど同じくらいに無謬《むびゅう》の真実として語り継がれてきたため、これまでさほど疑われることがなかったのだ。

そしていま、当時を知ろうとしてもさまざまな困難がある。

スズメ族がイザナギで遊んでいた当時は、政府が個々人の政治傾向を調査しているのではないかといった噂もあったそうだが、実際のところ政府にそこまでのマンパワーはなく、また当時のL－1の記憶容量の関係から個々の発言はすべて消えてしまい、いまはもうない。

さらには、当時のスズメ族の多くはいまや八十代、九十代という齢《とし》なのである。

したがって、まずは「無謬の真実」たる『輝ける闇』をひもとくことからはじめたい。

まず題であるが、これはハイデガーが現在を表す言葉として用いたものらしいので、ピーガーという現在そのものによって運命を狂わされた、著者自身が重ねられたものと考えられる。

巻頭の引用文は、新約聖書の「コリント人への前の書」からひかれたものである。

――今われらは鏡もて見るごとく見るところ朧《おぼろ》なり。然《さ》れど、かの時には顔を対《あわ》せて相見ん。

かくして時は巻き戻る。一九六五年二月、開高が帰国して空港に着いたそのときへ。

ベトナムから帰国した「私」を待っていたのは、無数の怒れる群衆と彼を拒む横断幕だった。いわく――「非国民」「潔く死ね」「ジコセキニン」などなど。最後のものが片仮名であるのは例のピーガーに由来するが、このときの開高にそれを知る術はなかった。

歓迎されていないことはわかるが、理由となると、とんと見当がつかない。

郵便受けには大量の脅迫状があり、仕事をしていても安保闘争の反動で生まれた行動右翼団体が押しかけてくる。出版目前であった『ベトナム戦記』もお蔵入りとなった。

これはたまらぬ、いったい自分の不在中に何があったのかと氏は朝日新聞記者に訊ねる。返ってきた答えが、まず臨時特派員として戦時下のベトナムにいた開高が一時行方不明になったと報道されたこと。最初は心配する声も多くあったのが、やがてピーガーを通じて風向きが変わり、糾弾の声へと変わっていったこと。

そのキーワードとなったのが、「ジコセキニン」の一言だったということだ。

それにしても、自己責任とは何を意味するのか。

みずから覚悟して行った以上、責が自分にあることは一種当たり前のことであり、事実上、何も言っていないに等しい。それがなぜ、「私」を攻撃する材料になるのか。

が、実際にそうであったのだと言われれば、そうなのかと応じるよりない。

さらに事の発端はというと、これがわからない。

開高が米国寄りの南ベトナム軍につき、事実米軍とともに行動していたことから左翼の怒りを買ったという説。そうでなく、北軍の人質にでもなればそれこそ世界の迷惑だと行動右翼が開高を糾弾したのだという説。

どちらもそれらしく、そしてまた別世界の話でも聞いているような曖昧模糊《あいまいもこ》としたところがある。とにかく、ある瞬間を境に人々がいっせいに同調し、「ジコセキニン」のかけ声をピーガーを通じて発信しつづけた、ということであった。俺は命がけだったんだぞと「私」が訴えると、そういうところも嫌われているようだと記者は答えた。

作中の「私」は倦《う》み疲れ、書くのをやめて寝てばかりの日々を迎える。

このあたりはどうも『夏の闇』という次作の構想があり、本来であればそこに書かれる話であったようだ。比較的退屈な箇所でもあり、発表当時は冗長で見るべきところがないとされたが、このパートについては後世になって再評価を受けた。

ところで、いまさら蒸し返すのも気がひけるので名は伏せるが、ピーガーがなかった場合の豊穣な文学史を夢想した評論家がいて、その筆頭格として挙げられたのがこの『夏の闇』と、そして何事もなければベトナム戦争そのものが描かれるはずだった『輝ける闇』であった。

しかし裏を返せばそれはピーガーが文学を痩せさせたという主張であり、当然のごとく評論家氏はスズメ族の不興を買った。氏は当のピーガーで叩きに叩かれ、倦み疲れ、仰向けに横たわって天井を眺めるばかりの日々を迎え、その後一念発起して都内に中華そば店を開きそれを繁盛させた。

とはいえ実際にピーガーが当世のありとあらゆる芸術に影響を与えたことは疑いないわけで、一例を挙げるなら、中島梓《なかじまあずさ》『文学の輪郭』でピーガーと文学のかかわりが論じられている。

話を戻そう。

開高のひとまずの結論はこうだった。まず経済成長があり、ピーガーという情報の民主化を迎え、たわわに実った果実を匿名のイナゴの集団が食い尽くしたのだ、と。

ほとんど当然のなりゆきとして、このくだりがもっとも注目され、評論家や書評家によってたびたび取り上げられた。なんといっても、氏のデビュー作、百二十年ぶりに実ったササの実を目がけて鼠が大量発生するという「パニック」が連想させられたからだ。

この観点から「パニック」を読み返すと、一匹だと利口であるはずの鼠が集団だと狂気に陥る、といった記述も目につく。これもまた、ピーガーがもたらした騒動を連想させるものである。

一部には、こうした一致を持ち出して『輝ける闇』を作家による劣悪なセルフパロディだと腐す向きもあったようだ。しかし「パニック」が創作であったのに対し、今回のものはほとんど事実のみを扱っているわけだからして、両者の一致点は悲喜劇でこそあれ、何もあえて槍玉に挙げることもなかろうと擁護する向きもまたあった。

作品の終盤、「私」はようやく覚醒する。

それは、みずから想定していた作家としてのキャリアの筋道を破壊した魔物、ピーガーと向きあうことだった。「イザナギ」の最新版を求めるべく、「私」は秋葉原に赴く。かつて米軍のジャンクの真空管などが売られ、そこから電気街が発達したというその地で、「私」はベトナムにおける米軍に思いを馳せる。

夏場の秋葉原の様子が匂い立つ、読ませる箇所である。

「私」は店舗を回ってイザナギを購入すると、苦労してそれを白黒テレビに接続する。

かくして、ピーガーを通じて最初の一言が発せられた。

――カイコウ　デス　ナニカ　キキタイコト　アル？

なかば投げやりに書かれたこの一文が、期せずして独特のユーモアを生み出した。

これにより「私」はスズメ族に好意的に迎えられ、さまざまな質問を受ける。答えるうち、「私」ものめりこむようにピーガーばかりやるようになっていった。「私」は自問する。これは眠りなのか目覚めなのか、あるいはより深い眠りであるのか。

ピーガーも普及したばかりとあり、さまざまに新たな文化が生まれてくる。その一つが、一見興味深い情報を書きこみ、あとから嘘でしたと撤回する行為、いわゆる「釣り」であった。もとより文才のある開高は、釣り師として名を馳せるようになっていく。

以上が、開高の筆による一連の経緯とその後日譚である。

ウェブ炎上という現象について、いまさらわたしがつけ加えられるようなことはない。それはいまも日常的にそこかしこで起きているし、なぜそれが起きるのかは識者が語るまでもなくなんとなく本能的に皆が察するところである。何より、語り尽くされている。かくいうわたし自身、軽口がボヤを起こして翌日になって長文の釈明をしたためたこともあった。

語り尽くされたという点では、いまや広辞苑にも載っている「自己責任」についても同様だろう。

「指殺人」「その指止めろ」といった言葉が生まれたのは一九八〇年代であったろうか。

ピーガーを通じた誹謗中傷が、刑事ドラマといったフィクション作品で濫用されたのもそのころだ。今日《こんにち》、執拗にピーガーを作中に出現させなかったのは『死靈《しれい》』の埴谷雄高《はにやゆたか》くらいであったとまことしやかにささやかれるが、さすがにそこまでのことはなく、どちらかというと、どうやってもフィクション中に現れてしまいがちなピーガーをいかに抑えるか、文学者たちが苦心した痕跡があちこちに見受けられる。

「ピーガーがなければ私は四十五歳で死ぬつもりだった」

二〇〇〇年代を迎え、老境の三島由紀夫《みしまゆきお》がそう述懐したことは記憶に新しい。「あれはいわゆるミドルエイジクライシスだったのだろう。書くこともなくなり、かくなる上は、一右翼として日本に身を捧げるつもりでいた」——これが具体的にどういう行動を指すのかは、いまとなっては確認しようがない。「ところがピーガー右翼の存在があまりに馬鹿らしく、私はいったんノンポリに転じた。しばらく世間を見渡すうち、また新たに書くことも生まれてきた。私は虚飾を身にまとうのをやめ、自然体の文学というものを目指すようになった」

これなどは、ピーガーがもたらした幸福な例と呼べるかもしれない。

現在はサーバーにいつまでも記録が残り、また訴訟などとなればときに身元が開示される。こうした環境を受け、真に匿名性の担保されていた往年のピーガーを懐かしむ声もある。「あの遅さがよかった」などと誰かが言い、「老人の戯言《たわごと》」「開高事件を思い出せ」と次々に指摘が飛ぶ様子は日常風景である。実際、いまになってこうして当時を考えることは、ある種、時流に反した行為と呼べるかもしれない。

しかし、それでもわたしは思ってしまうのである。

——世界初の炎上事件はなぜ起きたのか？

——それは集団の狂気とでも呼ぶべきものだったのか、それとも仕掛け人がいたのか？

本稿の興味の対象は、あくまで世界最初の炎上事件そのものにある。

したがって、『輝ける闇』に対して取るべきアプローチはおのずと評論とは異なるものとなるだろう。具体的には、いまならばちょうど都合のよい便利な言葉がある。

ファクトチェックである。

たとえば簡単なところでは、氏は「匿名の集団の恐ろしさ」といった表現は用いていない。「たわわに実った果実を匿名のイナゴの集団が食い尽くした」が正確なところである。これはときおりウェブの文学好きが指摘し、「いいね」も拡散もされることなく流れていく。空港で氏を迎えた心ない横断幕については、写真が残されているので確かだと言えよう。

が、その後に氏とやりとりをしたという新聞記者などは、すでにこの世にない。

このあたりの困難については、先に触れた通りだ。ピーガーの履歴が残されていないことや、当時のスズメ族の高齢化や他界である。事実、わたしは関係者らしい関係者を発見することもかなわず、「時効」という制度の意味を思い知らされることとなった。

公訴時効制度がなぜあるのか。

現在は廃止されたとはいえ、かつて殺人といった重罪にも時効があったのはなぜか。それは要するに、時とともに証拠が散逸することや、関係者の証言が怪しくなるからだと言っていいだろう。怪しい証拠や証言を頼りにすると、あるいは、冤罪が生まれることもあるかもしれない。

それは今回のケースにもあてはまるはずだ。

極端な話、たとえばわたしがここで第三十八回芥川賞で開高に敗れた何者かを騒動の仕掛け人とするような説を挙げれば、それはもっともらしくなってしまうのである。しかもその容疑者にはノーベル文学賞作家も含まれるわけで、なんというか面白くなってしまってよくない。

そこでまずは、最初の一歩として茅ヶ崎市の開高健記念館を訪ねてみることにした。簡明を期するため公式のウェブサイトの案内から引用すると、このような場所だ。

開高健は一九七四（昭和四十九）年に、東京杉並から茅ヶ崎市東海岸南のこの地に移り住み、一九八九（平成元）年になくなるまでここを拠点に活動を展開しました。その業績や人となりに多くの方々に触れていただくことを目的に、その邸宅を開高健記念館として開設したものです。建物外観と開高健が名付けた「哲学者の小径《こみち》」をもつ庭と書斎は往時のままに、邸宅内部の一部を展示コーナーとして、常設展示と、期間を定めてテーマを設定した企画展示を行っています。

かくしてわたしは哲学者の小径を歩き、常設展示を見て回り、それから開高健記念会の厚意により、案内で展示されずに倉庫で眠る遺品を見せてもらった。ここでわたしはふと思いつき、開高がイザナギを購入した領収書はないかと訊ねた。

氏の作中、秋葉原でイザナギを買うくだりが印象深かったからである。ところが出てきた領収書は、氏が当時住んでいた自宅近く、杉並の電器店のものであった。

開高が秋葉原でベトナムを思った箇所は、創作だったのである。

日本の情報環境に国民掲示板という特異な出発点があったこと、そしてそのとき育まれた「ウェブ文化」が近年になってから欧米に輸出され、それを起点として、米大統領選などにおいて奇怪な陰謀論が醸成されたことは皆の知るところである。

インターネット前史とも呼ぶべきピーガーは、このごろはある種のロマンとともに、ヨーロッパのフィクション作品に頻出し、サイバーパンクのサブジャンルをなしているようである。しかしほとんどは愚にもつかぬジャンクであるらしく、残念ながらいまのところ邦訳はない。

『日本ウェブ前史』を著した川崎大学の増山啓元《ますやまのりもと》名誉教授はこれらの原著をあたったようで、それによると、高度経済成長期の日本とヴィクトリア朝の英国をかけあわせたような、なかなかに面妖な代物であるという。

いざそう聞いてみると興味をそそられるのが人の常だが、この点は増山自身によって、

「未訳の作品が面白いはずもなかった」

と、なんとも味のある総括がなされている。

ところで本稿の取材当時、増山は七十八歳という齢であった。ピーガー世代であり、当時、熱心にそれに触れていたということである。そこでわたしは氏にコンタクトを取り、自宅付近だという赤羽の喫茶店で話を聞かせてもらった。

氏は奥の席に先に着いており、わたしへのサービスであろうか、挨拶もそこそこに文庫本ほどのサイズの電卓のようなものをバッグから取り出した。一九六八年に開発された、ポケットコンピュータ版のイザナギである。

手に取らせてもらうと、やはり当時の技術の限界か、ずしりと重く感じられる。

ゴム製のキーボードは経年劣化ですっかり硬化しており、触れれば固まった塩の欠片のように崩れそうで、迂闊《うかつ》にあちこち弄《いじ》くるのもはばかられる。そっと背面を見てみると、通信用の入出力端子と映像出力用のＲＦ端子があるのがわかった。

この二つは、のちに詳細を知った米国TI社が「オーパーツ」と呼んだ代物である。

「増山先生はこれでピーガーを利用されたのですか」

何気なく問うと、増山はまず頷いてから、すぐさま打ち消すように首を振った。

「父が新しいものを好きでな。卓上サイズのイザナギ3があって、それを使っていた」

「実際にピーガーを使ってみて、どのような感触でしたか」

そうだなあ、と増山がどこか間延びした声を出した。

「白黒テレビに文字が並ぶだけの世界。きみの世代には、もしかするとわからないかもしれないが……」

思い出そうとするように、わたしが返したイザナギの表面がさすられる。

「時代の切っ先をしかと自分が踏み締めているような、えもいわれぬ感覚だったな」

ここからだ。わたしは迷ったが、単刀直入に訊くことにした。

「開高事件のときはどうでしたか」

相手の皺だらけの顔が刹那、動きを止める。しばしの間ののちに、その口が開かれた。

「加担した」

「具体的には、どのように……」

「この齢だ。記憶が定かでないところもあるが、その点は勘弁してくれ」

――最初、増山が事件を知ったのは報道を通じてであったという。

特派員としてベトナム戦争に派遣されていた開高が、いっとき現地で行方不明になった。開高のことは知らなかったが、えらいことになったと思った。ところが帰宅してピーガーにつなぎ、「友人」らの言葉を追っていくと、どうも様子がおかしい。

売名行為。本の宣伝。自作自演。自己責任。

そうした文面を追っていくと、増山自身、だんだんとそうである気がしてきた。

「少し立ち止まって考えればわかったはずだろう。誰もが目立ちたがり屋であるわけではないし、命を賭けて本の宣伝をするというのは、明らかに釣りあいが取れていない。だが、次々と流れてくる文字列がわたしの思考力を奪った。気がついたら、乗っ取られていたわけだ」

そして、増山はイザナギのキーボードを人差し指でタイプした。

――カイコウ　ノ　ホン　ヲ　カウナ
「それだけですか?」

「不買行為の扇動というやつだな。それだけだ。だが、責任を逃れられるとは考えない」

「そのときどのようなお気持ちでしたか」

「子供の野球ではじめてヒットを打ったときのような気分だったな。まったく実に爽快で楽しかった」

「……このお話は、この場限りにしたほうがよさそうですね」

「かまわん。事実を話せてよかったくらいだ。みずから名を汚すかもしれんが、いまさら名を残したり善人面したりする気はない。きみもわたしの齢になればわかるよ」

それから、増山は思わぬ頼みを口に出した。

氏は現在のＳＮＳに興味はなく、アカウントも作ってはいない。しかしどのようなものかは見てみたいのだという。そんなもの誰だって見せてくれるでしょうと応じると、なんとなく機を逸してしまい、『日本ウェブ前史』なる本まで書いた手前、人に頼みにくいということだった。

わたしは端末の指紋認証を解除し、アプリを立ち上げて増山に手渡した。

ブロックチェーンを用いた分散型のＳＮＳということで、近年話題のものである。

「ふむ。案外に変わらぬものだな」

増山が老眼鏡をかけ、たどたどしくタイムラインをスワイプする。そのうちに目がちかちかしてきたのか、端末をわたしに返すと眉間のあたりを揉んだ。

「いや、やはりどうもカラフルすぎてわたしにはあわぬようだ」

「お気に召しませんか」

問うと、増山は少し気取った言い回しを返してきた。

「この闇は、わたしには明るすぎる。やはり、ピーガーのころがよかったよ」

別れぎわ、増山はわたしに当時のピーガー仲間のリストを手渡してくれた。昔の仲間で関係も切れているし、連絡先も変わっているかもわからないとのことで、オンラインを通じた関係性の弱さは、いまも昔も変わらないようだ。固定電話の番号であるので、いまも使われているものは少なかった。それからしばらく、リストの人物を訪《おとな》ってみては仏壇に手をあわせる、といったことをくりかえすことになった。

さしたる収穫もないまま日々がすぎた。

短編「パニック」における鼠の大量発生には、ササの実がなるという明確な理由があった。対して開高事件がいまなお気になるところは、そしてやるせないところは、こうした原因らしきものがまるで見えてこず、そしておそらくは今後も見えないままであるだろうことだ。

だからこそ、枯れたススキが幽霊に見えたり、陽炎に手がかりめいたものを見出してしまうこともある。かくいうわたしにも、そういうことがあった。

かつて増山とピーガーで交流があったという婦人の老人ホームを訪ねたときだ。

婦人は認知症を発症しており、目は中空を漂い、一目見て話は聞けなそうだと思ったが、それでも一応一通りの質問をしてみた。年配の人間を相手に、耳が遠いと見て大声で話しかけるといった行為は、どうも相手を馬鹿にしているようで気がひける。だからわたしは普通に喋り、余計に通じているのか通じていないのかわからぬ始末となった。

すでにわたしはなかば諦めていた。

ところがわたしが「ピーガー」と口にするや、婦人の目に光が戻った。

「あれは面白かったわねえ！」

突然の変貌に面食らいながらも、「それはどのように？」とわたしは質問を重ねた。

「学校で紙切れのメモを回したりしたことはなかった？　これが日本中に広がっていた。面白くないわけがないわよ」

ちらとホームのスタッフに目を向けると、驚いた様子もなくわたしたちを見守っている。おそらく、こういう場面は何度も見てきたのだろう。認知症の入所者が、何かのキーワードを契機に刹那目覚めるということを。

少し考え、わたしはもう一歩うながしてみることにした。

「開高事件なんてのもありましたね」

「そう！　二月の十五日のこと。ジコセキニンってやつね。なんだか空気が変わって、わたしびっくりしちゃって。しかも、それが二日も三日もつづくものだから」

「そのときどうされましたか」

「みんなに正気に返ってほしくていろいろ発言したわよ。でも全然効果がなくって」

——ジャーナリズム　ハ　ヒツヨウ
——カイコウ　ハ　ワルクナイ
——アナタジシンハ　ドンナ　メイワク　コウムッタ？

おおよそ、このような書きこみをしたという。これはわたしの直感にすぎないが、この婦人の証言は真実そうであったと感じられた。次に何を訊くべきか——。そう自問しかけた瞬間、うすら寒いものがわたしの背を撫でた。

開高の行方不明が報道されたのは、一九六五年二月十六日付の朝日新聞朝刊である。つまり、一日ずれているということになる。婦人の言にしたがうなら、ジコセキニンだかなんだかわからないが、その書きこみが新聞報道前になされていたということだ。

するど、どういうことになるか。

「犯人」が、報道より前に開高の行方不明を知っていた人物ということになる。その線でいくならば、もっとも怪しいのは記者だろうか。いや、ベトナムから国際電話でL－1に接続するということも、やってやれなくはない。

——ジサクジエン

——ツギ　ニ　ダス　ホン　ノ　センデン

わたしとてこんな勘繰りはしたくない。したくないが、開高自身が仕掛け人だという可能性すら浮かぶ。ただ、この線は薄いだろう。命がけでベトナムまで行きながら、なぜ、みずからをスポイルするようなことをするのか。確か増山も、これに似た指摘をしていたはずだ。

もう少し詳しく訊こうとわたしは婦人のほうを向いた。

が、彼女の興味はもうこちらにはなく、元通り、うつろな視線を天井の付近に這わせていた。再度話しかけても、反応はない。わたしもだんだんと冷静になってきた。

わざわざ報道より先にそのような発信がなされる合理的な理由など、どこにあるのか。

おそらくは彼女の記憶違いだ。

わたしはそう結論し、ホームをあとにすることとなった。

——世界初の炎上事件はなぜ起きたのか？

——それは集団の狂気とでも呼ぶべきものだったのか、それとも仕掛け人がいたのか？

たぶんこのことに答えは出せないだろう。

あるいは、わたしは作家のファンとして、一種の巡礼をしていただけなのかもしれなかった。そう思い至ったとき、わたしは自分から何かが抜け出ていくのを感じた。

それから数ヵ月経ったある日、わたしは上野の科学博物館にL-1の一部が展示されることを知った。「世界最初のホストコンピュータ」というのがその触れこみである。試みに足を運んでみようと出かけると、夏が来たのか思いのほか暑い。

展示されていた実物は、三文判を売る台を大きくして、その横にいくつもスイッチをつけたような代物だった。ほか、白黒テレビを前にピーガーに興じる往年のスズメ族の写真などもあった。その様子はいささか滑稽で、増山の口にしたような時代の切っ先は見出せない。が、未来人から見ればわたしたちもそのように見られるのだろう。

「一九六五年のSNS」とキャプションがついた説明文の前をすぎると、イザナギの実機の展示があった。初代のほか、前に見せてもらったポケットコンピュータ版もある。写真を撮っている見物客がいたので、わたしもそれにならって端末のカメラを向けようとした。そのとき、SNS経由のダイレクトメッセージが来ている旨、プッシュ通知されていることがわかった。撮影を終え、わたしはメッセージを開いてみた。

英文だった。

AI翻訳に慣れてしまっているせいで、そのまま頭に入ってこない。翻訳ツールを通すと、冒頭にこのようなことが書かれていた。

——きみの投稿を見た。情報提供をしたい。

一瞬訝《いぶか》しんだあと、わたしはＳＮＳで開高事件についての情報提供を募っていたことと、そしてそれにこれまで反応もなかったことを思い出した。


メッセージの主はアメリカの退役軍人で、名をウェイン氏といった。大尉《たいい》時代、ベトナムに従軍し、開高と会って話したばかりか、彼の希望で前線まで案内したそうだ。そのときベトコンの襲撃を受けて隊が離散し、それがちょうど二月のなかほどであったということである。

最初、わたしは悪戯を疑った。

だがやりとりを重ねるうちに、少なくとも彼がベトナムに従軍したこと、そこで小説家の日本人と出会ったこと、そしてそれがいかにも開高らしかったことがわかってきた。

氏はアメリカ在住であるらしいので、わたしたちはウェブ会議アプリで会って話した。二分割された画面の片方にわたしが、もう片方にウェインが映し出された。氏の部屋は簡素で、背後に小さな棚と、うっすらと花模様のついた壁紙があるのみである。その筋の人間は軍人や公安の人間を見分けるというが、少なくともわたしにはわからなかった。

齢のほどは不明だが、八十歳すぎくらいだろうか。

ウェインが手を伸ばし、カメラの位置を調整するとともに背景が揺れた。だんだんと、わたしは熱量が高まってくるのを感じていた。

ウェブの向こうにいるのは、もしかすると、ベトナム戦争そのものが描かれるはずだった『輝ける闇』の欠片であるかもしれないのだ。

「確か、ナポレオンという店で開高にシャトーブリアンをご馳走になった」

挨拶を交わしたのち、ウェインが本題に入った。背筋は伸び、かくしゃくとしている。

「どのような話をしたのですか」

「アルジェリア産の赤ワインを取って……それから、はじめて彼が記者でなく作家であると知った。日本語の文章作法を教わったりしたが、どうにも眠たくてな。わたしは日報しか書いたことがないが、小説を書くのはさぞ難しいのだろうとおだてて話を変えた。一つ興味深かったのは、彼は小説を書くために来たのではないと言っていた」

「開高は純粋な興味からベトナムの特派員になったということですか」

「わからなかったので探りを入れてみた。我々のことも書くのだろう、と。するとあの男は妙なことを言い出した。もし書くとすれば、匂いだ。匂いのなかに本質があるのだと」

このくだりはわたしには頷けるものであった。

開高はそのデビュー作から、執拗なまでに匂いの描写を重ねてきたからだ。

「だからわたしは訊ねてみた。小説は、匂いより使命を書くべきではないかと」

「それで相手はなんと?」

「使命は時とともに変わるが匂いは変わらない。汗の匂いもパパイヤの匂いも変わらない。変わらない、消えないような匂いを書きたい、というようなことを言っていた。ただ、それまでと違って少し自信がないようにも見えた。たぶんだが、揺れたのではないかと思う」

もしかしたら本当かもしれないという思いが、確信に変わってきた。

明らかに開高が口にしそうなことである。米国人であれ、日本文学の研究者などであればたやすく創作できるかもしれないが、なんと言ったものか、眼前の男は小説とは無縁に見えた。

匂い——。

もし開高が正面からベトナムを扱っていたなら、彼の国のどのような匂いを描いたのであろうか。それがなぜ、匂いも味もない、ただ文字のみのピーガーなどに耽溺《たんでき》したのか。

感傷めいたものがよぎったところで、一言の槌《つち》が振り下ろされた。

「日本の報道より前に、開高の失踪は自己責任だと情報を流したのはわたしだ」

突然のことに思考が固まって、英語の回路のようなものが閉じてしまった。

「なぜです」

と、そう問いかけるのが精一杯だった。

「あの男はみずから望んで前線についてきた。それもおそらくは大義や使命ではなく、自分自身のためにだ。いわば自己の覚醒を望んでいるような、そういう印象だった。それで我々としては、あの男を守る必要があった。彼がついて来なければ、助かった隊員もいたかもしれない」

すっかり何も言えなくなってしまったわたしが、ウェブ会議アプリに映っている。

その隣で、ウェインが淡々とつづけた。

「作家の無事を確認したのち、彼への風当たりが強くなるよう工作をした。知己《ちき》の日本人記者からあのイザナギという機械を借りて、日本語のできる現地通訳を雇って国際回線を使ってな。二月十五日のことだ。わたしも若かったというわけだな」

わたしが無言なのを受け、ウェインが小さく肩をすくめた。

「戦場で、知ったように匂いを語るあの作家をつぶしてやりたかった。どれだけの人間が、ただ生きたいとそれだけを一心に願っていたか。まったく、匂いなど知ったことか」

斜線堂有紀

「一一六二年のlovin' life」

「...Love is cherry blossoms. Oh my life cannot be scattered.——So many years...」

紫野《むらさきの》の斎院御所《さいいんごしょ》——その風雅《ふうが》な中庭で、一人の女が楽しげに和歌を詠《よ》んでいる。満開の桜がはらはらと散り、男が花びらをつかまえて笑っていた。

あの女は確か——どこぞの荘園《しょうえん》を取り仕切っている貴族の娘だ。あまり上等な衣を纏《まと》ってはいないから、きっと大した女ではないだろう。

そんな女がこの場で持て囃《はや》されているのは——偏《ひとえ》に彼女がすらすらと和歌を詠めるからである。正直、歌の質はそこまで高いものではない。だが、出された題に対して即座に歌を返せるというのは、それなりに評価される能力である。

式子《しょくし》は黙って彼らを睨《にら》み、この歌合《うたあわせ》が終わってくれないか、とそのことばかりを考えていた。

「式子様。式子様もよろしければ一つお詠みになったらいかがでしょう」

その時、女房《にょうぼう》の一人が式子にそう声を掛けてきた。すると、歌を詠んでいた女も唇の端を吊り上げ、式子の方に笑いかけてくる。

「式子内親王《ないしんのう》といえば、お父様に帝《みかど》を、お母様に藤原成子《ふじわらのしげこ》様を持つ情緒を解するお方のはず。さぞや、成子様のような素晴らしい歌をお詠みになるのでしょうね」

本来なら、このような物言いは許されないことだ。式子はこの中で最も貴《とうと》き血筋の姫であるが、御所——それも歌合の場においては、式子はこの屈辱《くつじょく》に甘んじるしかないのだ。

何故なら、式子は歌を詠むことが出来ないからである。

「……私は、あまり体調がよくないの。歌を詠む気にはなれないわ」

式子がそう言うと、女房達は口に手を当てながら楽しそうに笑った。このやり取りを、式子は何度繰り返しただろうか。御所に来て一年余りが過ぎ、その度に儀礼のようにこなしているやり取りだった。

「それはそれは失礼致しました。お身体に障《さわ》りのある中、わざわざ花見に参加して頂けたこと、私どもは皆感謝しておりますのよ。式子様の歌を聞ける日を、とても楽しみにしていますね」

「お身体が弱いのであれば、まじないでもしてみるのはいかがでしょう？　そうすれば、この桜を前に何の言葉も出てこないという不幸から逃れられますわ」

辺りをまた控えめな笑い声が包む。美しき桜の木は、花びらを淡雪《あわゆき》のように降らせながら、和歌の詠めぬ万葉《まんよう》の御《お》局《つぼね》を嘲笑《あざわら》っているようだった。

後白河《ごしらかわ》天皇の第三皇女であり、藤原成子の娘。そして賀茂《かも》神社に仕える斎院として十年を紫野の御所で過ごした式子内親王は、極めて優れた歌人として知られている。

だが、後世において女流歌人の代表格と認められた式子は、御所に入ってから二年の間、一首の歌も詠んでいなかった。歌合にもまともに参加せず、出たとしても、式子は周りが歌を披露《ひろう》するのを黙って見ているばかりであった。

そんな式子が天才歌人として名を馳《は》せるようになったのは、一人の女房との出会いがきっかけであった。花見の席での歌合で屈辱を味わった半年後――桜の気配もとうに去った秋の頃、式子はその運命の女と出会ったのである。

「私は帥《そち》といいます。この度式子様のお世話をさせて頂くこととなりました。紫野の斎院御所に仕えることが出来るのを、心より誇りに思っております。いやあ、噂《うわさ》にたがわず素晴らしい場所でございますね。それに、式子様も話に聞く何倍も美しくていらっしゃいます。評判の中庭の桜に比する美しさかと」

突然にまくし立てられ、式子は思わずまじまじと女房の顔を見つめてしまった。

「お前が、私に仕えるというの?」

「ええ。葛《かずら》の後任として、精一杯勤めさせて頂きます」

この度、二年の間式子の世話をしていた女房が体調を崩し、新しい女房を見繕《みつくろ》わなければならなくなった。

だが、なかなか後任が決まらず、候補に挙げられるのは明らかに式子を侮《あなど》る反《そ》りの合わない女房ばかりであった。進んで式子に仕えようという女房は殆《ほとん》どおらず、御所には不穏な空気が流れていた程である。

しかし、斎院である式子の世話をする人間がいないというのは、これはあってはならない。

そんな状況下で、突然候補に挙がったのが目の前の帥である。

帥はとある受領《ずりょう》の四女であり、才知に優《すぐ》れ機転《きてん》の利く人物としてこの斎院御所にやって来た。その教養は貴族の子女にも劣らず、知識にかけては右に出るもののいない女である――との触れ込みであったのだが、正直なところを言えば、式子には帥が粗野《そや》な田舎《いなか》の娘にしか見えなかった。

帥の目は吊り上がっており、御所では殆ど見ないほど焼けた肌をしていて白粉《おしろい》が浮いている。そのまま出家でもするのではないかと思うほど短く切られた髪は、異様さすら感じさせた。

その一方で、顔立ちは童女のように愛らしく、それがまた勿体《もったい》無さを感じさせた。もう少し女らしくしていれば、どこぞの殿方に見初められる道もあるだろうに。そう思うと、半ば正しき道を捨てたような師の振る舞いに納得のいくところがあった。

「なるほど、私にはお前のような女房がお似合いということ……」

式子が小さく呟いたが、師の耳には届かなかった。師はきょろきょろと忙しなく辺りを見回すと、にんまりと笑って言葉を続けた。

「ところで、ここ紫野の御所は宮廷、後宮に劣らぬ文化の咲き誇る場所なのでしょう？なのに、式子様は和歌を全く詠まれない。歌合に参加しているにもかかわらず和歌を詠まないとは、聞いたことがありません」

まだ出会って間も無いというのに、もうその話を持ち出してくるのか、と式子は思う。どうせ、周りの女房達が面白がって師に話をしたのだろう。

「私は和歌が嫌いなの。だから詠まない。体調が悪いと言って、もう二年も詠んでいないわ」

「ほほう。それなのに、どうして万葉の御局と呼ばれているのですか？　和歌を詠まないのに」

「詠まないからよ。私は馬鹿にされているの」

万葉の御局。――万葉集の大先生。帝の血を引く高貴な身の上でありながら、和歌を詠まない式子を皮肉《ひにく》ってつけられた渾名《あだな》だ。それを初めて聞いた時、式子は腸《はらわた》が煮えくりかえるような怒りを覚えた。だが、その怒りを表すことすら出来なかった。硯《すずり》と筆を以《もっ》て文机《ふづくえ》で叫ぶことは出来るのに、自分を蔑《さげす》む彼女らに切り返すことすら出来ないとは。式子は情けなくて堪らなかった。

「万葉の御局だけじゃないわ。私は不動の岩女《いわずめ》だとか、そういうことまで言われているの。本当に、くだらないことだわ」

「なるほど、なるほど。式子様は女房達から随分嫌われているのですね」

「お前はなんて物言いをするの。いくら私が侮られているとはいえ、私が口を利けば御所から追放することも出来るのよ」

「ええ、そうでしょう。けれど、式子様はそうなさらない。これからどうなるかはさておくとして、今の式子様に仕える女房は帥しかいないのですからね」

帥はまるで式子のことを恐れた風も無く、くくっと奇怪な笑い声を上げてみせた。何から何まで無礼千万な女だった。だが、他の女房に感じるような不快感は無い。帥は式子に対して恐れを知らない物言いはするが、蔑んでいるわけではないからだろうか。

「嫌われていることなど気にする必要はありませんよ。私も式子様と同じくらい、いいえ、それ以上に嫌われておりますもの。この帥を目にした時の式子様の顔、私への呆《あき》れを通り越して自嘲に向く卑屈さに親しみさえ覚えました。お察しの通りこの帥ですが、口を開けば小うるさく、食う飯も口も減らぬ一方、その上重度の詠語《えいご》狂い。Iがmyならmeがmineと、自我ばかり強い女でございます。同じ御所の爪弾き者同士、birds of a featherで仲良くしようではありませんか」

「どうして鳥の羽が出てくるの」

「同じ穴の狢《むじな》、を詠語に直してみたのです。洒落《しゃれ》ているでしょう。慣用句を詠訳《えいやく》して字引に載せれば、新しい和歌が生まれるかもしれません」

目を輝かせながら語る帥を見て、式子はいよいようんざりした。またしても和歌だ。この御所の人間――いや、この世の暇人どもは、和歌がただのお遊びではないと思い込んでいる。食べることや眠ることに匹敵するものだと信仰している。

果ては、和歌は子どもを生むことに繋《つな》がっているとすら、彼らは思い込んでいるのだ。男も女も和歌を通して色恋を創り上げ、それに則って愛の契《ちぎ》りを交わすのだと浮かれきっている。たかが三十一文字にその人の全てが詰まっているということにして、誰に腹を差し出すかを決めるのだ。

くだらない、と式子は心底思っていた。式子はまだ婚姻を結んだことがない——斎院となった者は、清浄であらねばならないからだ——が、斎院を退下《たいげ》した後も、これを理由に生涯未婚を貫こうかと思っているくらいだ。この世の色恋というものは、くだらない。和歌という鳴き声でつがいの気を引くなど、獣と同じだ。

それを高尚だと思い込んでいることこそが、嫌いなのだ。

「これは残念ですね。万葉の御局と呼ばれている、それはそれは才ある姫君にお仕え出来ると聞いて楽しみにしていたのですが」

「精々《せいぜい》残念がるといいわ。本物の万葉の御局の元に、お前のような女房がつくはずないじゃない」

「それはその通りでございますね。でも、式子様が本物の万葉の御局であるからこそ私が宛がわれた可能性があるのでは、と、思ったんですよ。でもまあ、本当に歌を詠んでいない方だとは！　まあ、今時歌など代作で構いませぬよ。式子様のご器量であれば問題ありません」

今度こそ、式子は黙り込み、彼女に背を向けた。これ以上、師に何かを言っても無駄だと思ったからだ。師と話していると、なんだか自分がとても惨《みじ》めに思えてくる。そんな式子の様子を見て、帥もようやく気まずそうな表情を浮かべた。

「……ええと、御用がありましたら何なりとお申し付けください。手始めに、文机の整理などを……」

式子は帥に背を向けていたので、帥が文机を漁《あさ》っていることに一拍遅れて気がついた。

「――帥？」

式子が振り返った時には、帥は一枚の短冊《たんざく》を手にしていた。瞬間、式子の顔がさあっと青くなる。

「『いま桜咲きぬとみえて薄ぐもり春にかすめる世のけしきかな』……」

見られた。見られてしまった。顔は赤くなるのに、臓腑《ぞうふ》はすっと冷えていく感覚がある。あまり上等な紙とは言えないから、そこに書かれた字は反転しながらぼんやりと式子の目に映っていた。帥が読んでいるのは、間違いなく式子の最大の弱みだった。

帥がゆっくりと式子の方を見る。ややあって、帥が口を開いた。

「式子様。貴女……和歌が詠めないというわけではないのですね？　むしろ、貴女様の和歌はこんなにも素晴らしい。やれ岩女だの、やれ万葉の御局だのと言われているのにもかかわらず、こんなにも……」

帥は心の底から感嘆した風で、言葉を詰まらせた。その目には涙すら浮かんでいる。果ての鳥の声さえ聞こえるほどの沈黙が過ってから、ようやく師の言葉が続いた。

「何故？　どうして歌合でこの歌を詠まなかったのです？」

「……歌合？」

「これは、中庭での花見のことを詠んでいるのではないですか？　あの、千年先も残りそうな麗しき桜の木。咲いたらさぞ壮観でしょう。あの花を見て詠んだものなのでしょう？」

師の指摘はその通りだった。

あの日、貴族の子女達や御所の女房達が楽しそうに歌を詠んでいるのを見ながら、式子は心の内で歌を詠んでいた。体調不良だと言い張ってなお、心に浮かんだ言葉を大切に留め置き、部屋に帰ってから短冊にしたためたのだった。師にそこまで見抜かれているようで、式子は少し恐ろしくなるほどだった。

「……そうね。私は和歌が好き。同時に、和歌が大嫌い。心の内に浮かんだことを限られた言葉に込める。その行為を愛しているだけで、やれ詠語だ、やれ歌合だと交流の為の道具にしてしまうのは浅ましくて嫌いなのよ」

ややあって、師は目を丸くして言った。

「……それはつまり、詠語が苦手だということですか？」

「どうしてそうなるのよ」

「こんなに素晴らしい和歌が詠めるのにみんなの前では詠まない。それはつまり、詠訳が出来ないということなのではないかと思ったのですが。だって、歌合では歌を詠訳しなければいけませんものね」

師は一人納得した風で言い、大きく頷いた。

師の言っていることは図星だった。

式子は詠語が出来ないのである。

幼い頃から、式子は母の成子より和歌の手ほどきを受けてきた。式子はその頃から才覚を発揮し、周りの大人を驚かせるほど見事な歌を詠んできた。

しかし、和歌はそのままでは人前で披露するには値しない。普段使っている言葉ではなく、和歌を詠む為の言葉――詠語に直さなければならないのである。

詠語というのは、大和言葉《やまと》とはまるで違う音と法則によって形作られている言葉だ。日本語にはない奇妙な形の文字を用い、風雅な語順を以て文を作るのである。

「歌は芸術であり、話し言葉とは別の言葉を用いなければならない。詠訳されていない歌は、ただ野に咲く花である」

万葉集を編纂《へんさん》した大伴家持《おおとものやかもち》はそう言い、自身の選した歌集には詠訳された歌のみを収録した。そこから、和歌を詠訳することが一般的になったと言われている。優れた歌は詠訳されて、改めてその価値を検分《けんぶん》されることとなった。

それ以降、和歌を詠む時は、詠み人自ら詠訳を添《そ》えることが当然となった。一人前の歌人であれば当然の行いである。幼い式子は、詠語のことも詠訳のことも知らず、ただ気の赴くままに詠んでいた。あの頃は、本当に幸せだった。野に咲く花をただ摘《つ》むことこそ、式子の愛した和歌だった。

「侮らないで。御所にはいくらでも詠語の字引があるし、字引役もいる。学ぼうと思えば学べる環境はある。それに、私だって完全に詠語が出来ないというわけではないわ」

「なら、先ほどの和歌を詠訳して頂けますか」

師にまっすぐな目で請われ、式子はぐ、と言葉を詰まらせた。

「...The time when cherry blossoms came out...Cloudy day...」

絞り出した詠訳は、式子から見てもあまり出来の良くないものだった。おまけに、後半まで訳が辿り着かない。

詠語が出来ない、わけではない。それなりに勉強はしてきたはずだ。だが、自身の歌を訳そうと思うと、どうしても適切な詠語が出てこない。何かしっくり来ず、まるで和歌の美しさを自分で損ねているような感覚に陥る。

だから詠語が嫌いなのだ。自分で摘んだ美しい花を、自らの手で台無しにしたい人間がいるものか。和歌を愛しているからこそ、式子はそんなことをしたくない。

「……笑えばいいじゃない。どうせ、私の詠語などこんなものよ。和歌が出来たところで、詠訳が出来なければ認められない。お前はさぞかし――」

「The very moment
when the cherry blossoms bloomed
the sky clouds over.
Now springtime hangs in the air
making the whole world hazy.」

帥は一息で言った。そして、さっきとはまるで違う声色で尋ねる。

「いかがでしょうか、式子様。私の訳は」

「えっと、訳……?」

「『いま桜咲きぬとみえて薄ぐもり春にかすめる世のけしきかな』ですよ。式子様の歌を、私が詠訳しました。いかがでしょうか」

詰め寄るような帥に対し、式子は殆ど気圧《けお》されるように言った。

「いい……と思うけれど。私は詠語にあまり精通していないから、優れた詠訳かどうかわからないの。いや、……いい訳だわ。私のものより、いいえ、この御所にいる誰が詠んだ歌よりも、素晴らしい気がする……」

じわじわと帥の詠訳を反芻《はんすう》していると、俄《にわか》にその素晴らしさを感じることが出来るようになった。確かにtimeよりもmomentの方が、式子の心に添っている。桜の花が咲いたのは今、この瞬間なのだ。

式子は一瞬、あの花見の桜を帥と一緒に見たかのような錯覚に襲われた。そうでなければ、帥にここまで素晴らしい詠訳が出来るはずがない、と思った。

「仰る通り、式子様はからきし詠語が出来ないというわけではないご様子。むしろ、そこらの女房達よりもずっと優れた詠訳能力がございます。それでも式子様が自身の詠語を恥ずかしく思ってしまうのは——わかってしまえば簡単な絡繰《からく》りです。貴女の和歌が素晴らし過ぎるからなのですよ。貴女の和歌が素晴らし過ぎるが故に、詠訳が釣り合っていないのです。この帥、いたく納得致しました」

「私の心の内を暴《あば》いたところで、どうなるの。この口で自分の花を散らすことになるのなら、私は岩女のままでいい」

「もう、わかっているでしょうに」

帥の言葉には半ば冷ややかさすら滲《にじ》んでいた。ふんぎりの付かない式子を叱咤《しった》するような、そんな口調だった。

「式子様。私は詠語に精通しています。驕りを許して頂けるのならば、この御所の誰よりも詠語の字引役として優れているでしょう。しかし、悲しいかな、私には和歌の才能はありません。いいえ、式子様に比べたらこの世に和歌の才能のある者などいるものですか。そこで、ええ、そこでですよ」

帥がぐっと顔を近づけてきた。この距離で誰かと言葉を交わすことすら、式子には初めてだった。帥の身体からは、瑞々《みずみず》しい青葉の匂いがした。季節は秋口であるのに、夏を感じさせる女だった。

「私に式子様の和歌の詠訳を任せてくださいませ。貴女の世界を損なわぬ詠訳を、この帥が叶えましょう」

差し出された手を、式子は思わず握ってしまった。これがどんな意味合いの仕草なのかをまるで知らないまま、物の怪《もののけ》と契りを交わすような気持ちで強く握った。

これこそが、式子内親王が岩女から稀代の天才歌人となった瞬間だった。

帥は不思議な女だった。

重くて動きにくいからと言って、袿《うちき》をまともに重ねもしない。ともすれば身体の線が分かってしまいそうなほど薄い衣を纏って、あちらこちらと動き回っている。興味があるのは和歌と詠語ばかりで、遠方から字引役が来たと知れば、自身の知識と擦《す》り合わせるべく颯爽《さっそう》と語り合いに行く。

女であるというのに、帥はあちこちに顔を出し、面白いことがあればけたたましく笑った。そんな真似《まね》が出来るのも、帥が極めて優秀な字引役で、詠語に精通していたからなのだが、それ以上に彼女が人の目を気にしない異端の女房であることが大きかったろう。

帥は周囲の声を何も気にせず、輝く瞳で語るのだ。

「ご存じですか式子様！　詠語っていうものは、字引役によって微妙に理解が違う時があるのですよ。だから、相手の詠語とこちらの詠語を比べて、文法的に正しそうなものを採用していくのです。詠語はやはり、謎の多いものですからね」

「……はあ、そういうものなのね。ただでさえ、詠語は覚えることが多いというのに……」

「詠語は一本の大きな木のようなもので、幹を知れば枝葉の方は理解しやすくなっているのですが。そうそう式子様。近頃南の方では擦《すら》ん句《ぐ》というものまで出てきているようでしてね」

「すらんぐ？　それは何？」

「文字通り、擦り切れた言葉、品の無い言葉でございましてね。shit や dick head など――」

「それはどういう意味なの？　head は頭よね？」

「…………擦ん句は和歌には用いられない言葉ですから、式子様にはあまり関係がございませんね。失礼致しました。万が一にでも、帥から聞いたと言って余所《よそ》で口にしませんように。私の御所での評判が地に落ちます」

帥は固い表情でそう言ったものの、御所での帥の評判なんてものはとうに地に落ちているようなものだった。疎《うと》まれ者の式子につけられるのがお似合いの女房だ。ちなみに、帥はまともに式子の世話をすることも出来なかった。詠語以外に、帥が得意なものは何も無かった。

ただ、式子は自分の世話は自分で焼くことが出来た。

式子に足りないのは、偏に詠語だけなのであった。つまり、式子に最も必要な女房とは帥なのだった。

「山深み――春とも知らぬ――松の戸に――たえだえかかる――雪の玉水《たまみず》」

季節は冬になり、外には目映《まばゆ》い雪景色が広がるようになっていた。いつも騒がしい帥だが、式子が歌を詠んでいる時は身動《みじろ》ぎすらしない。式子が窺《うかが》うように帥を見ると、彼女はふうと大きく息を吐いて言った。

「はあー……やはり、式子様の和歌は頭一つ抜けておりますね。様々な和歌を味わってきましたが、式子様ほど甘露《かんろ》に近いお方はおりませぬ。素晴らしいですねえ。万葉の御局の名が皮肉ではなく感じられるほどですよ」

「お前の褒め方は一々大袈裟だわ。私の和歌が優れていることなど、私はとうに知っていたもの。今更そうまで褒められることでもない。それに、万葉の御局の名を出さないで。そういった意味でなくとも不愉快だわ」

「そうは言ってもですね、素晴らしいものは素晴らしいと、帥の側からも式子様にお伝えすべきだと思うのですよ。I love the twinkling of your words.」

「詠語を和歌以外に用いないで」

そう式子は言ったものの、恐らくはとてもまっすぐに伝えられたのであろう賞賛の言葉は、式子の胸の奥にある柔らかいところを撫《な》で擦《さす》った。詠語においてloveとはとても強い言葉だ。和歌でも、手軽にインパクトを出したい時にその単語が使われる。

だが、帥の口にするそれは、他の人間が口にする時よりもずっと強い輝きを放っていた。

「それでは、この帥が式子様の歌を詠訳致しましょう。ええと……」
それきり、帥は黙り込んだ。普段は表情のくるくると変わる女だが、詠語のことを考える時はまるで人形のように無表情になる。その落差が、式子の胸を一際ざわめかせるのだった。
ややあって、帥の口が開いた。
「――Deep in the mountain...
...spring's arrival is unclear.
On the pine wood door
snowmelt trickles drop by drop
as if so many jewels.」
言い終えると、帥がいつもの笑みを浮かべる。
「どうでしょうか、式子様」
「……『玉水』を many jewels と訳すのね」
「ええ。『玉水』という言葉選びから、式子様の見た雪解けの雫は、よほど大粒のものだったのだろう、滴る音が辺りに響くほどの存在感があったのだろうと思いまして」
「ええ、玉水――many jewels……私には思いつかない詠訳だわ」

式子の頭にはまるで無かった言葉だった。単語は知っているが、玉水とjewelsを繋ぐことが出来ない。
「ですが、雪解けの雫を見ても、私は玉水とは詠みません。それを宝石に変えられるのは、式子様だけなのですよ。はあ、やはり貴女の歌は素晴らしい！　美しい！　何より自由！」
「お前は本当に調子がいいわね……」
「本心ですとも。そうでなければ詠訳を引き受けたりしません」
帥がくくく、と喉から笑い声を漏らした。
「私はこの間の和歌も好きですね……。
The fading crimson
of the hanging firm plum buds.
The pale evening moon
beyond many branches furled
hint at the dim light of spring.」
「『色つぼむ梅の木の間の夕月夜はるのひかりを見せそむるかな』か……」
それは、梅の木のまだ固い蕾を見て詠んだ歌だ。空から射す月の光は寒々としていて、蕾を咲かせまいと冬が糸で結んでいるようであった。式子は白い息を吐きながら、枝の間から降る月光を浴びていた。

いつだっただろうか。冬を留め置くその光に、春の色が混じり始めたのは。その日、式子はこの歌を詠んだのだ。

「私、梅の枝と共にこの和歌を皆様に披露すべきだと思うのです。先ほどの歌も素晴らしかったですけど、梅の花と月の取り合わせは、式子様特有のものですから」

この頃、式子と帥は御所の皆に披露する歌を選出すべく、日々詠み合わせを行っていた。式子が素晴らしい詠み手であることを御所内に示す為のものだ。

「……特有なのは、私が疎まれているからよ」

式子が自嘲気味に言うと、帥はきょとんとした顔をした。

「梅の蕾が綺麗に見える陽の下になど、私が出られるはずがないでしょう。そこには御所を仕切っている他の女達がいるのだもの。私がいたら、後ろ指を指されるだけよ。だから、眠れない時に人目を忍んで見に行くのよ」

良識のある恵まれた人々は出ない真夜中と、月の光が式子に優しいものだった。寒々とした孤独の中に早春の気配を嗅いだ式子は、ほんの少しだけ御所から逃げ出してしまいたくなった。閉じたこの場所から、誰かに連れ出してほしかった。

自身への憐れみと共に月光を思い出していると、帥が珍しく不服そうに鼻を鳴らした。

――私が疎まれていることを知っているのに何故？　と思っていると、帥は思いがけないことを言った。

「あまり不幸たろうと思うのはおやめなさいませ、式子様。貴女はとても幸福なのに、それに背を向けようと努めていらっしゃる」

「お前に私の何がわかるというの、帥」

式子はいつになく強い口調で帥を咎《とが》めた。だが、帥は式子のことを睨み返すと、半ば煽《あお》るような笑みを浮かべて続けた。

「ええ、私から見れば式子様の不幸など不幸ではありません。むしろ幸運だったではないですか。貴女の素晴らしさに気づかず陽の光の下で出来の悪い歌を詠む人々より、月と戯《たわむ》れる貴女の幸福なこと。その幸福から目を背けて涙を流すなど笑止千万ですわ」

無礼だと物の一つでも投げてやればよかった。どうせ、式子は異端で野蛮な皇女だ。怒りのままに、帥に思い知らせてやればいい。

それが出来なかったのは、帥の目にも怒りと悲しみ、そして愛しさのようなものが滲んでいたからだ。

「才は花開くことを誓わぬ蕾。春が来れば全ての者どもに与えられるものではありませぬ。私はもう、貴女の花を見出しました。貴女に素晴らしい歌を与えた孤独をお誇りくださいまし、式子様」

帥はそう言うと、またパッと表情を変えた。

「……さて、やはり先ほどの歌で戦いましょう。式子様の歌の能力を知らしめてやるのです」

「戦いとは、血の気の多いこと……」

「式子様こそ血の気の多いお方ではないですか。貴女の孤独は刃のようです。切りつけてやりましょう」

そうして、帥は蔀戸《しとみど》を開け放ち、庭のまだ固い梅の蕾を背に言った。

「程なく貴女の春が来る」

帥の言葉は正しかった。この春を境に、式子内親王の評価は大きく変化することとなる。

式子は帥によって詠訳された先の歌を発表し、さも今までも日常で和歌を詠んでいた、という顔をして笑ってみせた。御所はざわめき、沸いた。今まで万葉の御局と嘲り、風流を理解しない岩女と後ろ指を指していた女が、突然初春に相応しい素晴らしい歌を詠むようになったのだ。

「万葉の御局があんな歌を詠めるはずがない。あれは誰かの代作ではないのか。あの異端の女なら、そのくらいしかねない。あれは帥の作なのでは？」

「帥の歌はそう優れたものではないわよ。詠語は得意だけれど――歌自体はそう上手くはないわ」

「それでは、本当に式子様が？」

女房達は口々に噂した。紫野の斎院御所は帥の言っていた通り文化の集積地であり、どの女房達もそれなりに和歌の素養を持っていた。題詠《だいえい》――題を元に和歌を詠むこと――を得意とし、『続詞花和歌集《しょくしかわかしゅう》』に自分の歌が採られたことを誇りに思う女房も多かった。

そんな彼女らが式子に対してすることは決まっていた。代作の疑いがある、この二、三年まともに歌を詠まなかった岩女。その正体を暴かなければ。

「式子様がこれだけ素晴らしい歌をお詠みになる方だとは思いませんでした。よろしければ、式子様に歌合での題詠をお願い出来ませんか。式子様の歌に魅了された者は多くおります。是非とも、その者らに式子様の歌を」

「歌合？　左右に分かれて競い合うのかしら」

「ええ、ええ、ですが、花見の余興です。遊びのようなものです。よろしければ是非」
女房の顔には笑みが浮かんでいたが、それが好意的なものではないとすぐに知れた。しかし、ここで怯んでいては御所での扱いは変わらないだろう。代作疑惑も晴れないに違いない。式子はいつになく穏やかに笑いながら「次の歌合が楽しみね」と言った。

一年前と同じく、御所の中庭には色とりどりの花々が――そして、満開の桜が咲いていた。

昨年の式子は屈辱の中に押し黙り、客達が冴《さ》えない歌を詠んでいるのを眺めているばかりだった。だが、今回は違う。

「それでは、題詠を行いましょう。この度の題は『梅』でございます。梅の花でお詠みなさいませ」

古株の女房が高らかに宣言し、式子の方を見た。今回の歌合は花見の余興としての意味合いが強く、講師《こうじ》を置かずに詠み手がそのまま歌を詠み上げることとなっていた。

式子は少し考えてから、朗々とした声で応える。

「Wonder who lives there,
that village of plum blossoms.

From where you once touched
you carry the fragrance here
on the sleeves of your robe.」

御所の岩女である式子の声を、ここで初めて聞いたという人間も多かった。その堂々たる声は、春の嵐のようにその場を掻き乱した。

「たが里の梅のあたりにふれつらむ移り香しるき人の袖かな」

式子は改めて、元の和歌も吟《ぎん》じてみせる。ものの数分で——それも皆の見ている前で、式子は極めて優れた歌を詠んでみせたのだった。

「これは素晴らしい歌でございますね」

念人《ねんにん》を務めている師が、ぽつりと、しかしはっきりと言い放つ。今日の師はらしくもなく袿を何枚も重ね、式子の歌を褒《ほ》め讃《たた》える役目に相応しい華やかな格好をしていた。

式子と同じように歌を詠まなければならないはずの方人《かたうど》が、戸惑ったように眉を寄せた。

勝敗は最早明らかだった。遊びという体《てい》であったからこそ、そこで本物の歌を提出してきた式子には凄みが感じられた。この程度の歌ならばいくらでも詠める、と表明しているようでもあった。

当然ながら、この度の歌合は式子の勝利となった。

式子が御所の女房達の鼻を明かした、ということのささやかな出来事は、本来ならばそう目立つものではなかった。だが、これが今なお現代に伝わっているのは、この歌合にかの有名な藤原俊成《ふじわらのとしなり》が関わっていたからである。

藤原俊成は後に『千載集《せんざいしゅう》』を撰進《せんしん》し、平安時代の歌壇《かだん》の第一人者として活躍するようになった歌人である。彼はこの頃多くの歌合に勝者判定人である判者《はんじゃ》として登壇し、歌壇の隆盛《りゅうせい》に貢献した。

その俊成が、御所の花見に訪れていたのである。

花見での歌合にて、俊成は何か役割を担っていたわけではない。何かしらを賭けるような、本式の歌合ではなかったからだ。御所の女房達が盛んに歌を詠んでいるとは聞いていたものの、それほど期待してはいなかったのだ。

そこで俊成が出会ったのが式子の歌であった。

勝敗を決する立場になかったからこそ、俊成は手放しに式子を褒め、御所の外でも賀茂斎院の歌の才について語った。その結果、御所の式子へと、贈答歌《ぞうとうか》が多く詠まれるようになった。

内からだけでなく、外からも式子の歌が認められることで、ある種の後ろ盾が生まれたのである。

さて、花見での歌合を終えた式子と帥は、部屋の中でくつくつと鍋が煮えるように笑っていた。帥の全てを面白がるような態度を咎めてきたはずの式子ですら、胸のつかえが取れたかのように笑い続けた。

「ふふふふ、今まで私を馬鹿にしていた女房達の顔ったら、胸がすいたわ」

「式子様ってば、そんな風に楽しそうな笑みを浮かべることが出来るんですねぇ」

「私だって楽しい時は笑うわ。御所での生活は楽しくなかったのだもの」

そう言って、式子はまた笑った。

「けれど、この花見の席で歌を詠むことになるとは思わなかった。私は詠訳が出来ないし、そこは帥に任せなければならないから」

「いやあ、その場で詠訳するわけにはいきませんからね。そうであれば、帥のことがバレてしまいます」

「本当にその通りよ。ああ、くたびれた」

式子が大きな溜息を吐くと、帥は心底楽しそうな笑顔を見せた。

「くたびれもするでしょう。女房達がどんな題を出してくるか分からないからといって、主題の違う十何首を一度に用意したのですからね」

題詠と言われて、式子は少し悩んだ。題詠は予《あらかじ》め題が発表されることも多いが、今回は代作の疑いを晴らす為のものだ。題が発表された後に即興で詠むのでは、詠訳を頼む時間が無い。

だから、式子は予《あらかじ》め十何首も和歌を詠み、詠訳をしてから臨《のぞ》んだのである。花見の題詠といえば桜か梅、あるいは春そのものだろうと思っていたが、当たりだった。

「そうするより他に方法が無かったのだもの」

「そうすることが出来るのが、式子様の才なのですよね」

「帥こそ、あれだけの詠訳をして疲れたんじゃないの？」

「そんなことはございませんよ！　この帥を見くびってもらっては困ります。式子様の歌を詠訳することは帥の喜びですとも」

「しばらく題詠に困らないわね」

「けれど、春だけですから。これから夏も秋も冬も、たっくさん詠んでおかなければですよ！」

「お前は本当に元気ね……」

式子内親王は歌人の中でも相当な多作で知られているが——それは、このような事情が関係している。題詠に沿う和歌を予め用意していった結果、膨大な数の和歌が生まれたのだ。

式子は和歌の名手として、日々名声を高めていった。

一方で、賀茂神社に仕える斎院としての役割も、式子は見事に務めていた。式子は斎院としての役割に誇りを持っており、自分に与えられた役目に愛着を持っていた。

それを表しているのが、次の和歌である。

『忘れめや葵を草にひきむすび仮寝《かりね》の野辺の露のあけぼの』

これは、式子が祭主《さいしゅ》を務めた時の思い出を詠んだ歌だった。祭主は前日、心身を浄《きよ》める為に神館《かんだち》に泊まる。神館で迎えた清々しい朝に、式子は思わず歌を詠んだ。

師と出会ってから、式子はごく自然に歌を詠むようになっていた。師が喜んでくれるから——詠訳してくれるから、と考えると、式子はもう言葉を内に留めておかなくてもいいのだと思えるようになったのだ。もう歌を文机に死蔵させなくていいのだ。

祭主を務めている間は師ととりとめのない話をすることが出来ない。互いに互いの為すべきことを為すだけだ。だが、式子の心の中にはこの歌と、喜ぶ師の顔が常に在り続けた。

「式子様、ご苦労様でした！　いやあ、ご立派でしたねえ！　歌合での式子様も素晴らしいですが、祭主の式子様もいいですねえ！」

「元々はそちらが私の本分なのだけど」

「私にとっては歌人ですから！」

何の躊躇《ためら》いも無く言うと、帥はいそいそと短冊を取り出した。あの「忘れめや」の句がしたためられた短冊だ。

「これが神館で詠んだものなのですね。いやはや、浄められた御身で詠んだ和歌だからか、歌にも清らかさが溢れています」

「歌のことを考えていたのは、務めに対し真面目じゃないかもしれないと思ったのだけれど」

「そんなことはありませんよ！　むしろ真面目ですとも！」

「お前のそれは偏った考えだけれど、一貫しているわね……」

「早速詠訳しますかね」

「これは別にどこかに発表する予定は無いのよ。詠訳しなくても問題無いわ。ただ、あの朝のことを覚えておきたいと思っていただけで」

「だったらなおのこと詠訳しなければですよ、式子様。いつか斎院を退いて御所を去られる日が来ても、式子様は詠訳されたこの歌を思い出す度に、師のことを思い出すでしょう。個人的な歌であるからこそ、詠訳させて頂きたいのです」
そう言うと、師は鼻歌交じりで詠訳を始めた。
「Always remembered,
days before the festival
in purifying lodge.
Dew on the meadow shining
in the early morning sun.」
「……これで、この思い出は私と師のものになるのね」
「ええ、ええ。そうですとも。もし気に入らないのであれば、この訳を忘れてしまえば済むことですから」
「忘れないわ」
式子は間髪を入れずに言った。
「私は、師の詠語を忘れない」
その言葉通り、式子は『式子《しょくし》内親王集《ないしんのうしゅう》』の第一の百首の中にこの歌を入れている。恐らく、式子にとってもこの歌が思い出深かったからだろう。これは、式子と帥の輝かしくも甘やかな日々の象徴とも言える歌であった。斎院としての式子の全てが詰まっている。

自分が斎院を退下した後、帥はどうなるのだろうか。帥ほど優れた詠語字引役なら、いくらでも行く先はあるだろう。

――帥は私がここを去っても、一緒にいてくれるだろうか。

そう思っている自分に気がついて、式子はハッと驚かされた。

それは、自分の和歌に帥が必要だからなのだろうか？　それとも、ただ帥といるのが楽しいからなのだろうか。

その答えがどちらであっても、式子は帥と共にありたいと思っていた。帥がはぐれ者の自分につけられたことに、心から感謝した。

「まどちかき――竹の葉すさぶ――風の音に――いとど短かき――うたたねの夢」
「By the window side
the sound of the wind playing
on the bamboo leaves
wakes me from my dreaming

in a short and pleasant nap.」

式子が歌を詠むと、すぐさま帥が詠訳をする。帥からは息をするように詠語が出てくるので、式子は毎回新鮮に驚いてしまう。もしかすると、式子の歌を聞いた時の帥も同じような気持ちになっているのかもしれない。

そんな式子の考えを知らずに、帥はぶつぶつと呟いた。

「いや、nap よりも sleeping の方がいいだろうか……そうしたら、dreaming と韻《いん》を踏《ふ》むことが出来ますものね」

「どうして帥はそんなに詠語が好きなの？　和歌が好きなのが高じて、という感じではないわよね。詠語が好きなのが高じて和歌が好きになった、という方が正しく感じるもの」

帥であればすぐさま答えるだろうと思っていたのだが、意外なことに帥は呆けた顔をして「……どうして、ですかねえ」と首を傾げてみせた。

「そこまで好きなものに対して、どうしてそうも朧気《おぼろげ》なのよ」

「月並みなことですが、好きであることに理由は無いことが多いですから。ですが、ううん」

帥はしばらく黙り込んでから、ゆっくりと口を開いた。

「式子様に言うのもおこがましいことですが、女が――帥のような女は特に――この世で生きるということは、なかなか難しいところがあります」

あの師がそんなことを言うのか、と思い驚いてしまったが、この世で師の言っているようなことを思わぬ女は存在しないのだ、と式子は改めて考えた。

「私はしがない地方貴族の四女です。式子様にお仕えすることが出来たのは、細いご縁があったからでしょう。私が御所に来られたのは、詠語が出来るというその一点で認められたからです。であれば、私にとっては詠語が外への糸だったのかもしれない——」

式子に語っているというよりは、自分と対話を重ねているような口調だった。師がこの歳になるまで、どんな言葉を掛けられ、どんな状況で育ってきたのかを式子は知らない。地方では、そう立派な字引も無かっただろう。その上で、食らいつくように詠語を学んできた師のことを想像した。

「時に、式子様は詠語がどこからやって来たのか分かりますか」

自分と向き合っていた師が、不意に式子へと目を向けた。

「え？　……元々、和歌と共に生まれた詠語を、その時その時の歌人が纏めて……最初の詠語字引を作ったのは大伴家持様であったと聞いているけれど……私達の言葉がどこから来たのかが分からないのだから、詠語がどこから来たのかも分からないのではないかしら」

「式子様の言っていることは概《おおむ》ね正しいですね。一般的にはそのように捉えられております。まあ、全ての言葉は帝からの賜《たまわ》り物《もの》であると言う人々も多いのですが」

「帥はどう考えているの？」

式子がそう促すと、帥は一つ頷いて言葉を続けた。

「私は詠語が、私達の知らぬ全く別の世から来たのではないかと思うのです。さながら、詠語はこちらとは違う彼岸《ひがん》の言葉、でしょうか」

「……確かに帥の言う通り、詠語は私達の言葉とまるで違うわね。同じ言葉とは思えぬほどだわ」

「私達は詠語を和歌にしか用いませんが、もしかするとその彼岸では、詠語をこそ日々の会話に用いて、和歌を詠む時にのみ大和言葉を用いるのかもしれません。そう考えてしまうのです」

「ならば、彼岸の民はどうして私達の元に詠語をもたらしたの？」

「此岸《しがん》で和歌を詠むのに必要だと思ったのか、あるいは——」

「あるいは？」

式子が言うと、帥は悪戯っぽい笑みを浮かべて答えた。

「私が式子様に重用される為に、巡り巡って詠語はもたらされたのかもしれません」

「……お前はたまに、自らが帝であるかのような物言いをするわよね」
「冗談でございますよ。けれど、彼岸から何の意味も無く、ぽんと放り込まれたのであれば嬉しいと思いますよ。ここではないどこかが、きっと在るのでしょうから」
「……変な想像をしたわ」
「どんな想像ですか？」
「詠語の載った最初の字引が、ぽんと誰かの部屋に置かれていて、その詠語に魅せられた人間が、大和言葉と詠語を掛け合わせたいと思って、詠訳を始めたのかもしれない……」
「それは少し愉快かもしれませんねえ」
その日、月が昇るまで師は式子の部屋に居た。
「風さむみ木の葉晴れゆくよなよなに残るくまなき庭の月影」
「The cold winds blow through
as leaves fall and the sky clears
each and every night.
Moonlight illuminates
and falls on a garden full.……ねえ、式子様」
「どうしたの」

「もう、月の光は孤独ではありませぬね」

式子は自身の部屋から見える庭の風景を多く歌に詠んでいるが、その大半が秋から冬に掛けてに集中している。

帥が背中をよく擦るようになったのも、冬が近づき葉が茶色くなった頃のことだった。帥はあまり重ね着をしないので、痩せた背に浮いた背骨がとても目立っていた。

「最近、妙に背中が痛みまして。式子様に心配をお掛けしてしまうとは、面目のないことです」

「別に構わないけれど、あまり身体を冷やさないように。そんなに薄着をしているから、身体に障るのよ」

「そうかもしれませんね。今や、歌を詠まなかった頃の式子様より、病弱の肩書きが似合う身となってしまいました」

「口が減らないわね。元気じゃないの」

式子がそう言うと、帥がくすくすと子どものように笑った。その様がどうしてだか不安で、式子は部屋の火桶に炭を何個か足してやった。

「式子様、詠語の方は最近どうですか」

「何を急に。私の詠語は変わらないわよ。帥には敵わないわ」

「腕前の話ではありませんよ。式子様が詠語を好きになったかとお尋ねしたかったのです」

「好きではないわ。私はやはり、大和言葉の和歌が好きだもの。詠訳だって、しなくていいと思うもの」

「私は詠訳された和歌は味があってとてもいいと思いますけれどね」

帥は痩せた指を一本立てて、講釈を始めた。

「詠語では往々にしてその文の主がはっきりと示されております。誰がこう思ったのか、誰が何を感じたのか、あるいはこの紫野の何が美しいのか——。和語には省《はぶ》きの美がありますが、詠語の主張の強さのようなものが、和歌には合っているのでしょう」

「私、私というのはみっともないじゃない」

「そうでしょうか。はっきりとしていていいじゃありませんか」

そう言うと、帥は式子に向き直った。こうして近くで帥のことを見つめると、帥の顔が前に比べて随分白くなっていることに気がついた。御所に入って日に焼けなくなったからかもしれないが、まるで雪のような白さだ。

かつて、自らが雪を玉水に例えたことを思い出した。葉に積もり、涙のように落ちていく雪を連想したことが、式子は何だか恐ろしかった。

「……帥？」

不安から名前を呼ぶと、帥がまっすぐに目を見ながら言った。

「あなたを愛しているのは私、私が愛しているのはあなた」

「……愛だなんて。ここでみだりに口にすることではないわ」

思わず目を逸らしてしまうと、帥は手を振りながら笑った。

「あらあら、恋歌の名手である式子様が、そんな風に目を逸らされるなんて」

帥の言う通り、この頃の式子は恋歌の名手として知られるようになっていた。

勿論、式子に恋歌を贈るような相手がいるわけではない。何せ式子は斎院として仕えている身である。だが、歌合では度々『恋』や『片想い』が題として出されることがあった。

和歌は必ずしも現実にあることを詠むものではない。従って、和歌の名手である式子も想像によって素晴らしい恋歌を詠むことが出来たのだが——。

「何よ。言いたいことがあるならはっきり言いなさい」

式子が促すと、帥はにたにたと擬態語のつきそうな笑みで続けた。

「聞けば、式子様は藤原定家《さだいえ》様と親しくしていらっしゃるとか」

「……それはそこらの女房達が好き勝手にしている噂でしょう。私は和歌の手ほどきを定家様の父君である俊成様から受けたのよ。だから、定家様と関わる機会も多かったというだけ」

定家とは何度か歌をやり取りしたことがあるものの、それは詠訳されていない簡易的なものばかりだった。御所に来たばかりの頃、風邪を引いた式子を見舞ってくれたこともあった。そういう細々とした事実に——式子の恋歌が肉付けをしてしまったのだろう。

「私と定家様は姉弟のようなものよ。帥まで妙なことを考えないで」

「私は定家様と式子様が恋仲であられるとすれば、とても嬉しいのですけれどね。定家様はとても素敵な殿方ですし、定家様であれば式子様に相応しいかと思います」

帥は揶揄《からか》っている様子も無く、詠語や和歌を前にした時のように目を輝かせていた。それが一層、式子を苛立たせた。

「正直なところこの私、式子様の恋歌を訳している時に、常々胸を高鳴らせているのです。式子様は一体どなたのことをお考えになってこのような素晴らしい歌を詠んでいらっしゃるのかと」

「歌は必ずしも本当のことではないのよ。帥ほど歌に精通している人間なら分かっているでしょう」

「そう睨まなくともいいでしょうに。定家様と式子様の素敵な恋物語に想いを馳せたくなる皆の気持ちが、帥にも分かりますよ！」

冗談めかした口調でそう言った帥が、不意に真剣な顔になった。

「ですがね、式子様。式子様に素敵な殿方と添い遂げて幸せになって欲しい、と思っているのは本当です」

「……私のような立場の女は、生涯独り身を貫くことも多いものよ」

「存じ上げておりますとも。その上で、式子様には比翼連理《ひよくれんり》の片割れが必要だと思っております。斎院を退けば、結婚だって可能なのですから」

「どうしてそんなことを言うの？」

「それは、式子様がとても感情豊かで情感に満ちた方だからでございます」

帥の声はピンと引いた弓のような凜々《りり》しさを湛えていた。その声を聞いて、式子は久しぶりに帥が自分に仕える女房であることを思い出したほどだった。

「貴女は愛に満ちた方です。この世の誰よりも秘めたる情熱を持ち、それが故にとても孤独な孤高の主です。だからこそ、私は貴女を永遠に孤独から遠ざけたいのです。……貴女に添う方が、現れてくだされば……」

それを聞いた瞬間、式子の胸に狂おしい嵐が吹き荒れた。帥の言葉には紛れもない愛情が満ちていて、優しかった。このところ、式子の恋歌は誰のものより美しく、切々としていた。人々が定家との存在しもしない恋物語を想像するくらいだ。

この熱情の中心にあるものの正体を——式子はずっと知っていた。

「帥は私のところに来た時に、同じ穴の狢という意味で birds of a feather と言ったでしょう」

「よく覚えていらっしゃいますね。帥も鼻が高いです」

「同じ鳥の羽というのは、比翼と似ているわね」

式子は意趣返しのようなつもりでそう言った。頭の回転が速い帥ならば、これが小気味よい冗談であることを見抜くだろう。いいや、それ以上のことを——式子がこんなところで冗談を言うのには、特別な意味があるということを——見抜いてくれるだろう。

果たして、穏やかな笑みを浮かべて帥は言った。

「ええ、本当に。その通りですね、式子様」

「……秋風と雁《かり》にやつぐる夕ぐれの雲ちかきまでゆく蛍《ほたる》かな」

式子がその歌を詠んだ頃、帥が療養の為にしばし御所を離れることになった。

「いやはや、女房の身で式子様の元を離れることとなるとは。どうも胸の辺りが苦しくてですね。根を詰めて詠語と戯れていたのがいけなかったのでしょうか。とにかく、式子様に申し訳無く思っております」

「そんなことはいいから、ちゃんと休みなさい。季節の変わり目だから、性質《たち》の悪い風邪を引いたのかもしれないわ。貴女がいなかったら、誰が私の和歌を詠訳するというの」

「ええ、そうですね。式子様がまたも万葉の御局に戻られては困ります。今度の歌会の題は、もう発表されているんでしたっけ」

「……恋歌よ。最近、恋歌ばかりなの。御所の流行なのかもしれないわね」

「だとしたら私の手助けは要りませんね。式子様は恋歌が得意でいらっしゃいますから」

帥がくすくすと笑いながら言ってから、すうと息を吐いた。

「The autumn wind blows——
as if flying on to tell
the many wild geese,
close to those clouds of sunset
the firefly flew so high.」

そこまで言って、帥は大きく咳《せ》き込んだ。肺の辺りからごろごろと嫌な音の鳴る咳だった。

「帥！」

「雁が冬を告げに飛ぶより前に、戻ってきますとも。蛍が雁に伝えるならば、雁は何に伝えるのでしょうね」

「私よ。私に告げに来るの」

「……ふふふ、そうですね。貴女は四季の姫ですもの。月光も蛍も雁も、式子様にまず告げるのです」

それでは行って参りますね、と言って帥は御所を去って行った。

帥のいなくなった御所は、とても昏《くら》く静かに感じた。以前と違って疎まれなくなった——むしろ、尊敬を集めるようになった、とはいえ、式子と親しく話をする相手は帥くらいしかいないのである。大袈裟ではなく、式子は半身を失ったような気すらしていた。

「……桐の葉も踏み分けがたくなりにけり……必ず人を待つとなけれど」

一人になった式子は、やはり歌を詠んだ。歌を詠むことでしか、式子は心の内を世界と繋げることが出来ないのだ。

小路に散った桐の葉は、踏み分けがたいほど積もってしまった。それでも、帥は帰ってこなかった。必ずしも人の訪れを――帥の訪れを待っているわけではないけれど、としたのは、式子のささやかな抵抗だった。ほんの数日、帥と離れるだけでこれだけ寂しいなんて。

式子は世に数多《あまた》ある恋歌のことを、初めて理解したような心地だった。愛しい人と会えないというのは、ここまで心細く悲しいものなのか。身をじりじりと焼く焦燥は、ここまで重いものなのか。

「君待つと――寝屋にも入らぬ槇《まき》の戸にいたくなふけそ山の端の月……」

式子の中にある泉から、言葉が湧き出てくる。

帥が帰ってきたら、帥を想って詠んだこの歌も訳してもらうことになるのだろうか。

……それは少し気恥ずかしい、と式子は思う。今までの恋歌であればいざ知らず、帥のいないタイミングで詠まれた歌がこの調子では、いくら帥でも気づくだろう。そうしたら、帥はどんな反応をするだろうか。

「I wait you without sleeping...」

式子は帥の力を借りず、自分で歌を詠訳した。帥と共にいる内に、詠語は以前とは比べものにならないほど上達した。だが、帥のように美しい詠訳は出来ている気がしない。それでも、式子の素直な詠訳は、驚くほど唇に馴染んだ。

和歌の詠訳には訳者の腕が出る。なら、歪でも自分なりに詠訳を行おう。そうして師が帰ってきた暁には、師に美しい詠訳をしてもらい、二つの訳を比べよう。

考えてみると、自分達は詠訳を通して同じ想いを二つに分け与えることが出来るのかもしれない。

「式子様、ご自身で詠訳をされたのですね。素晴らしい訳です。ですが師は、このように訳しますよ。聞いてくださいませ」

師がそう言って笑うところを想像すると、月の夜に一人である身も厭わしくはなかった。早く師に戻ってきてほしかった。そうしたら、この歌は定家ではなく師を想って詠んだものなのだと、素直に伝えられるような気がしていた。

だが、師が御所に戻ってくることはなかった。

「師が亡くなりました」

女房伝手にそのことを聞いた時、式子の心からすこんと全ての音が抜け落ちてしまったような感覚がした。

療養に去った師が亡くなるまでは、ほんの数日であった。

去り際のあの時が、式子と師の永遠の別れとなった。無理にでも師に会いに行かなかったことを、式子は心の底から後悔した。式子のような身分の高い姫が一女房を見舞うなど、あまり例の無いことである。

だが、そうしなければいけなかったのだ。どうせ自分と師は異端の姫と女房であった。慣例を無視して会いに行かなければならなかったのだ。

師の亡骸《なきがら》は彼女に縁の深い寺にて弔われることとなった。

「私も師の弔いを手伝いたい」

「何を仰っているのです。そんなことをなされば式子様が穢《けが》れてしまいます」

「そんなことはいい。私にも何かをさせて。穢れなら払えばいいでしょう」

「なりません。師は寺が手厚く葬《ほうむ》ってくださります。式子様は師の為に祈り、歌でもお詠みなさいませ」

「そんなことになんの意味があるというの!」

式子が叫ぶと、辺りはしんと静まり返った。

「師と最後の別れがしたいの。師と会わせて!　お願い!」

しかし、式子のその願いが聞き入れられることはなかった。式子は帝の娘であり、斎院であった。穢れを御所内に持ち込むことは許されない。ましてや、相手は親族でもない一女房である。もし式子付きの女房でなければ、さほど手厚くも葬られないような女であった。

「帥！　どうして……帰ってくると言ったのに！」

式子は、御所にやって来てから初めて大声で泣いた。その人目を憚《はばか》らない泣き方に、周りの女房がその身で式子を隠さなければならないほどだった。式子は周りからなんと言われようと、しばらくその場から動かず、子どものように駄々をこねて帥を悼《いた》んだ。

雁が冬を告げるよりもずっと早く、帥はいなくなってしまったのだった。帥が式子の歌を訳してくれることは、もう無いのだ。

帥がいなくなろうと、表向き式子の生活には何の影響も無かった。帥の代わりに新しい女房が式子の世話を焼くようになり、式子の生活はぐっと快適になった。改めて、帥が女房としてどれだけ欠けていたかを思い知らされるようだった。

特別な取り計らいとして、式子の元には帥の持っていた帳面などが届けられることとなった。それらは帥が独自に作っていた詠語字引のようなもので、式子が見たことのない詠語の表現が沢山記録されていた。

癖があって読みづらくはあったものの、これでこそ帥だと言わんばかりの跳ねた筆跡は、式子の心をほんの少しだけ現実から離れさせてくれた。帥は心の底から詠語が好きだったのだ。

この帳面を使って帥の為に、一つ歌でも詠んでみようかと式子は思った。今や名手と名高い式子の歌が帥に贈られれば、帥の名誉となるだろう。

だが、式子は短冊を前にぴたりと動かなくなった。

詠語が出てこないだけではなかった。和歌ですら、一言も思いつきはしなかった。花を見ても月を見ても、式子の心から言葉が湧き出ることはなかった。帥と共に、式子の心も黄泉《よみ》へと連れ去られていってしまったようだった。

わたし、が存在しなくなってしまったのだ。

月の光はただ寒々しく、まるで季節を感じさせない。空気の冷たさは、張り詰めた冬を呼び起こすものではなく、式子を苛《さいな》むものでしかなくなっていた。——ああ、もっと部屋を暖かくしておけば！　帥は身体を悪くしなかったのかもしれないのに。式子はそんなことまで考えた。

式子は日に日にやつれ、表情も乏《とぼ》しくなった。まるで、かつて万葉の御局、御所の岩女と噂されていた頃の式子に戻ってしまったかのようだった。いや、それより悪かったかもしれない。式子は幽鬼のように御所を歩き、辛うじて斎院の務めをこなしているような有様だった。

「式子様はきっと、定家様との忍ぶ恋に悩まれているのでしょう」

女房達はそう噂し、この話は当の定家にも伝わったとされている。式子と定家はただならぬ関係にあり、それが故に式子は弱っているのだろうと。

誰も、一女房である帥の死が式子に大きな影響を与えたとは思っていないようだった。結局、式子が帥への追悼の歌を詠まなかったことも大きかった。生前の帥と式子は贈答歌を詠む仲であることが知られていたが、定家との恋にうつつを抜かした式子は、帥のことをもう忘れてしまったのだろう、と。

否定することすらままならない世であった。定家を愛しているわけではないのだと、帥の死を悼んでいるだけなのだと、式子はどう伝えればいいのか分からなかった。喚《わめ》き散らしたところで、気が違ったと思われるだけだろう。

そもそも、式子は何を主張したいのか？　何を言ったところで、帥は帰ってこないのに。

「式子様、歌会への参加はどうなさいますか」

歌会を数日後に控えた時、女房がそう尋ねてきた。

式子は師を亡くしてから、全く歌を詠んでいない。歌会のこともすっかり頭から抜け落ちていたくらいだ。

「式子様の置かれている状況は、御所の皆が知っております。もし式子様のご体調が優れないのであれば、参加を辞されても構わないのではないでしょうか」

女房はそう言ったものの、体調を案じているというよりは、むしろ定家との一件を心配しているようだった。式子が体調を崩したと聞き、定家は一度見舞いにやって来ている。式子は彼に丁重にお礼を言ったが、それ以上のことは何も言わなかった。

もし、この状況で式子が歌会に出なかったら、見舞いの際に定家と何かがあったと思われるかもしれない。少し悩んだ末に、式子は言った。

「……いいえ、歌会には出ます。私が出なければ、訝しく思われるでしょう」

「あまり、ご無理をなさらないように。——定家様も、式子様のことを案じておられます」

「……本当にそうかしら」

「そうですよ。式子様は何もご心配することはありません。男女のことですから」

式子は、それ以上何も言わなかった。

師が帰ってきたのは、その日の夜だった。

式子の庭には雪が薄く降り積もり、辺りは白い沈黙に支配されていた。式子は眠ることも出来ず、ただぼんやりと外を眺めていた。月の光は青く、庭自体がうっすらと光を帯びているようだった。

まるで音の無い夜だった。式子は無明長夜《むみょうじょうや》、という言葉を思い出した。明けることのない長い夜のことだ。

その内に、無音の夜にサクサクという小気味の良い音が響き始めた。何の音？　と訝しむより先に、庭に一人の女が現れた。

「ご無沙汰しております、式子様」

「……師？　師、何をしているの。入りなさい」

「いいんですか。ありがとうございます」

式子は師を中に入れ、火桶にあるだけの炭を入れた。ぼう、と燃え上がる炎が部屋を暖め、健康的な顔色の師を照らし出す。それを見て、式子はたまらずに師を抱きしめた。

「ああ、師！　私は、師が死んだと思っていたのよ！」

「雁が冬を告げるまでには帰ってくると言ったではないですか。もう雪が降っておりますよ」

師の骨張ってごつごつした身体には、確かな温もりがあった。この温かさを逃さぬよう、式子はしがみつくように師を抱いた。誰かをこのように掻き抱くのは初めてだった。

「療養をしておりましたら、知らない内に私が亡くなったことになっていましてね。私も驚いたのですよ。だから、どう出て行くべきなのか分からなくて」

「もっと早くに戻ってきてくれればよかったでしょう。こんな雪の夜更けに戻ってくるものではないわ。風邪を引いてしまうかもしれない」

「大丈夫ですよ。師は強いですから。ところで式子様、あれから歌は詠みましたか?」

師がいない間に詠んだ歌はあるが、師が亡くなった後に詠んだものは一つもない。師を想って詠んだ歌を披露するのが気まずくて、式子は誤魔化しながら言った。

「詠んでいないわ。どうせ詠訳出来ないもの」

「それはいけません。師がいなくなるなり式子様が歌を詠めなくなったとなると、本当に代作だと思われてしまいますよ。そんなことになっては、今までの和歌も軽んじられてしまいます。そんなの悔しいじゃありませんか」

「どうせ、代作のようなものじゃない。私の歌は、師の力を借りて成り立っていたようなものだわ」

「そんなことはありません」

師はきっぱりと言った。

「和歌とはその人の心を表すものです。師は、式子様の心が誰かに伝わるよう、手助けをしていただけ。言うなれば代作ではなく、共作でしょう。それでもあれらの歌は、式子様のものだと私は思いますがね」

「……私には詠訳が出来ない。師がいないと詠めないの」

「詠めますとも。式子様は師と共にあったではないですか」

「いいえ、そんなことはないわ。師、私とこれからも共にあって、お願い。私達は同じ鳥の羽、飛ぶも落ちるも同じだったでしょう」

「まるで式子様は師がいなければ生きていけないようですねえ。式子様は才覚に溢れ、帝の血を引くお方だというのに。師がいなければ、まるで死んでしまうような顔をして」

そんなことを言わないでほしい、師でなければ駄目なのだと駄々をこねてしまいたかった。だが、腕の中の師の感触が、段々と違ったものに変わっていた。生前の師を抱きしめたことすらないのに、腕の中にいる師は生きている人間とは思えなかった。

「和歌が大和言葉ではなく、詠語で詠むものであってよかった。そうでなければ、式子様は帥のことを気にしなかったでしょう」

帥はどこか皮肉っぽい口調でそう言った。思えば帥は、時折こうした声を出すことがあった。冷ややかで突き放すような、痛みを伴う声だ。あれを前に聞いた時はいつだったか、と式子は想う。

「式子様が帥のことを好いてくれてよかった。恋しく想ってくださって、本当に嬉しいです」

帥が笑う。

「愛しい帥を亡くしたことで、素晴らしい歌が詠めるでしょう」

目を醒《さ》ますと、震えるほどの寒さに襲われた。辺りは月光しか頼るもののない暗闇で、一瞬式子は部屋の輪郭さえも見失ってしまったほどだった。

見れば、部屋の火桶の炭火がすっかり消えてしまっていた。おまけに、蔀戸が完全に開け放たれている。冬の夜にはあってはならないことだった。当然ながら、式子は蔀戸を開けていない。それに、火桶には炭がまだたっぷりと残っていた。誰かが意図的に消したとしか思えない有様だった。

式子の背筋に寒気が走る。凍えているからではない。恐ろしかったからだ。

これをやったのは師だ、と式子は思った。そうとしか考えられない。師が、この雪の夜にここまでやってきて、自分を連れにやってきたのだ。あのまま目を醒まさなかったら、一体どうなっていただろう。

夢枕に立った師が、縋る式子を見てどう思ったかを窺い知ることは出来ない。

ただ分かることは、式子は生き残ったということ、師はやはり死に、二度とこの部屋には戻ってこないということだけだった。


迎えた歌会の日は、冬とは思えないほど明るく、陽の光の柔らかい日であった。

この天気のお陰で、歌会に現れた式子がいつになく薄着であった理由は、陽の光の為だろうと思われた。式子が身に纏っていた袿の一枚が、師の着ていた小豆色のものであるとは、誰も気がつかなかったのだ。

抜けるような青空を雁の群れが飛んでいく。それを見た客人達が歓声を上げる。その中で、式子はただひたすらに自分の内面と向き合っていた。師がいない、これから先も師が帰ってくることはない。師が式子の歌を解釈し、内面を汲み取って訳してくれることはない。

それに対し、式子は——私はどう思うのか。

「式子様、お加減はいかがですか」

その時、近くにいた女房が式子に尋ねてきた。

「顔色が優れないようですが、やはり歌を詠むのは――」

「いいえ、私は――……」

そこで、式子はふと自分の中の感情に気がついた。

師がいなくなり、式子は悲しかった。だが、それだけでは歌が詠めなかった。これほど感情を揺さぶられたのに。一人で月を眺めていた時よりもずっと孤独を感じているのに。

「実は、この度の歌会には定家様がいらっしゃるかもしれないのですよ」

女房は囁くように言った。

「式子様のお姿を垣間見られたら、定家様もお喜びになるでしょう」

――私は定家様よりも、この世の誰よりも、師のことを愛していた。今もなお、師のことが恋しくてたまらない。

それを言うよりも先に、式子はすっと立ち上がった。

「……Oh, my dearest life」

最初の一節を口にすると、辺りが静まり返った。

この歌にあるのは、師を失った悲しみでも、もう共に居られない寂しさでもなかった。

「if you have to truly end
then please just end now.」

この歌にあるのは、自分を一人にした師への憎しみ、あそこで式子を連れて行かなかったことへの怒りだった。夢枕に立つのなら、いっそのこと私の命まで終わりにしてくれれば良かった。それもしないで突き放すだなんて、私は許せない。

「Living any longer may
leave me wanting ever more.」

ここで終わりにしてくれないのなら、私はいくらでも叫ぼう。私は貴女がいないことに怒りを覚えている。あそこで、自分を連れて行ってくれなかったことに怒り続けている。

この訳が気に食わなくとも、師はもう何も言えないのだ。

和歌を吟じ終えると、式子はそのまま中庭を後にした。式子はこの歌会を、先の一首を詠んだだけで去っている。

その後、式子は自身の代表歌であり、小倉百人一首及び新古今和歌集に採られたこの歌を自ら和訳している。

『玉の緒よ絶えなば絶えねながらへば忍ぶることの弱りもぞする』

この歌は、詠語で詠まれた時ははっきりとした物象《ぶっしょう》に満ちた歌であるが、和訳されるとそれとは逆に、具体的な物事がまるで描かれていない、極めて内的な歌へと変貌する。

この歌は、当然のように式子から藤原定家への忍ぶ恋を詠んだ歌だと解釈された。その後、式子は定家と添い遂げることはなかったが、彼らの関係はそれ以降も何度となく噂に上るようになる。

一度、師の後に式子に付いた朧《おぼろ》という名の女房が、式子に彼女の恋について尋ねたことがあった。だが、式子は詳しいことは何も答えずに、

「我が恋は知る人もなしせく床の涙もらすな黄楊《つげ》の小枕《をまくら》」

とだけ詠んだという。その際に、式子は詠語ではなく大和言葉で詠むだけだった。

その後、式子は十年ほどを御所で過ごし、病によって斎院を退下した。斎院を退いた後も、式子は琴や絵をたしなみ、和歌を詠み続けた。式子が詠んだ歌の数は同時代の女流歌人に比べても多く、殆ど全ての勅撰集《ちょくせんしゅう》に欠けることなく入集《にっしゅう》した。

こうして和歌の発展に貢献しつつ、式子は詠語の字引の編纂に複数協力し、用例を提出した痕跡がある。式子は恋歌の名手とされながら後に出家し、生涯独身を貫いた。

式子と師の関係が明らかになったのは、それから千年余り経ち『新古今詠語字引改』の

研究者が帥の帳面および式子内親王の手記を発見したからである。

式子の手記には自身の回想録と共に、既に発表された和歌およびその詠訳が綴《つづ》られていた。

奇妙なのは、和歌の詠訳の横に、必ずと言っていいほど空白が添えられているところである。式子と帥の関係を知った研究者の間では、この部分には本来帥による詠訳が書かれるはずだったのではないか、という見方が強い。

式子は生涯、帥の詠訳を待っていたのである。

「大《おお》江《え》戸《ど》石廓突破仕留《いしのくるわをつきやぶりしとめる》」

小川一水

一

高さ八丈の物見塔を登り切ると、冬枯れの武蔵野にたなびく土埃の彼方に、横たわる白蛇のような大廓《おおくるわ》が見えた。

御影石の壁である。だが日暮れ間近のこの時刻に、十里離れたここから見える壁とは、どんな規模だろう。向かって中央が御門宿場の大門新宿《だいもんしんじゅく》で、壁は左手の小高い丘に這い上がり、高田の馬場と雑司《ぞうし》の谷を渡って王子権現のほうへ消えている。右手では樅《もみ》の巨木の茂るまだ名のない丘を横切って、目黒の原へ、そして品川の浜へと壁が伸びている。

大江戸外廓《おおえどそとぐるわ》西廓《にしのくるわ》だ。簡単に大廓とも呼ばれる。号して南北四里、丈百尺に厚さは二間、常州桜川の山を掘り崩して石材五百万石を鑿《けず》り出し、暴れ川の大利根《おおとね》に専用の石橋までかけて取り寄せたという。

実にまったく、途方もない建物《たてもの》だった。

それを眺めて、岩之助《いわのすけ》は物見台の縁をこぶしでゴンと叩く。――二度も三度もゴンと叩いてはゴンと叩き、険しい眼差しを送り続けた。

数えで十八の若侍である。羽織袴《はおりはかま》は無紋の木綿で草汁と泥に汚れて構い付けない。髷《まげ》の結い方も大ざっぱだ。去年まで野山を駆けずり回っていた悪童を、多少の金をかけて元服させ、枯れ田にすっ転ばして叱りつけたらこんな具合か、と思われるような佇まいだ。

下からどすどすと重い足音がして、階段から男がにゅっと顔を出した。これは若侍より五つほど年上で、つぶらな瞳にふっくらした頬の優しげな顔立ちだが、全身を現すと見上げるほどでかい。

「おうい、まだかな、がんすけ」

「がんすけはやめてくれ、雷王《らいおう》」

「岩之助殿、お見張りまだ終わりになられませんかな。お美智様がお待ちですぞ」

「馬鹿丁寧もやめてくれ――と言っても、まあ長居しすぎたか」

岩之助は濃い眉の端を下げて、苦笑した。

そんな彼の隣に雷王も並ぶ。今日は暖かい辰巳風《たつみかぜ》（南東風）だったが、もう弱い。そこかしこに点々と立つ物見塔のかなたで、建物の大親分のような大廓が夕日に輝いている。

「あんたはあれが好きだね」

「好きというわけでもない」

「来るたびに眺めてるじゃないか」

「好きなんじゃない。あんなでかくて大層なものが、なぜ生まれて――なぜできあがって――なんの役に立って――なぜその中に住むのか。そういうことをだな」

「考えてる。うん」雷王がにこにこと微笑む。「あんたはお城が気になってしょうがない。うん」

岩之助はうすらでかい男に向けて眉をひそめる。何を言われているのかわかっている。岩之助は大廓に入ったことがない。――江戸城を囲む半径一里の大江戸圏に招かれたことがない。そのことを気に病んでいる。

それを雷王は、からかっているのだ。

「……冷えてきた。降りよう」

暮れる空を見上げて、岩之助は階段を降りた。

螺旋階段である。そしてこの塔も石造りの円塔である。ただ、白く輝く御影石の大廓とは違って、がっしりした灰色の砂岩でできている。これは多摩川の上のほうで取れる伊奈石という石で、それをただぐるぐると積んだのがこの物見塔だ。

「おうここの角石、欠けてるぞ」

「あんたはそういうのも気になる、うん」

「お前が気にしてくれよ、石工《いしく》だろ」

「おれが気になるのは元の江戸との違いでね」

左腰の二本差しを石にぶつけないよう、気をつけながら降り切ると、外で待っていた前髪の小童《こわらわ》が勢いよく抱き着いてきた。

「あにうえ、おそいです！」

「おうすまん、みち」

「かじやごみすてはみえましたか？」

「府中のほうで煙が見えたが、ただの野焼きだろう。塵捨《ごみす》てはいなかったな」

「みちまるものぼりたかったです！」

「背丈が四尺を越えたらな」

遊びで登った子供がよく落ちるので、物見塔は童子禁制である。美智丸《みちまる》は目いっぱいほっぺたを膨らませて不満を示したが、じきにジッとうなずいた。

数えで九歳、よくなついた愛らしい異母弟を、岩之助は「ようせっ！」と肩に担いで、春も間近な枯れ木の丘を、つないだ馬へと歩いていった。

明暦三年一月十七日、江戸からほぼ真西に当たる羽村《はむら》という土地の光景である。見回りを終えて帰路についた若侍は、岩之助こと吉水忠直《よしみずただすぐ》。大身《たいしん》の長子だが今のところはまだ無役だ。そして馬の轡《くつわ》を取る大男・雷王は、その小者ということになる。元は伊奈石を掘る石工だったのだが、縁あって岩之助に拾われた。美智丸は単におまけでくっついて来ている。

三人は公儀の役は担っていないが、家の仕事は手伝っていた。正確には岩之助と美智丸の父親の仕事である。

赤山城四千石の関東代官にして水道奉行、伊奈忠克《いなただかつ》の畢生《ひっせい》の仕事が眼下にあった。冬枯れではあるが、両岸三間に桜の若木を従えた、闊《はば》二間の真新しい白堀《しらぼり》水路だ。多摩川羽村の取水堰に始まって拝島《はいじま》の丘下で東へ曲がり、すらりと江戸に向かう見事な一直線。

ほんの四年前に完成した玉川上水である。その監視と清掃が、この二人半の、現在の仕事なのだった。

神君家康《いえやす》公が徳川幕府を開いてから五十四年。大廓に守られて大いに栄える江戸に飲み水を供給するのが、神田上水と玉川上水である。その水を涸らさず汚さず、確かに届けるのは極めて重要なことである、というのが幕府の意向だ。だから、上水を監視する岩之助たちは、意義のある仕事をしているのだ。

していることになっているのだった。少なくとも建前上は。

丘を降りた三人は、五日市街道に出て羽村を目指す。ここらもまだまだ淋しいねと雷王の言う通り、あたりは民家がまばらどころか、田畑よりも疎林のほうが多いぐらいだが、路面だけは立派な敷石に覆われている。これは五日市村から江戸へ木炭を運ぶ牛車や馬車のためで、おかげで旅塵に脚が汚れることもない。ぽつりぽつりと行き交う往来の人が、丈夫な革裏草履を路面に鳴らして先を急いでいく。

不意に雷王が不満を示した。

「ここの石はすぐ割れるね。上州の藪塚《やぶづか》の、それも筋目が多くてすぐ割れる石を使ってる。この石は火に強いが、こんな雨ざらしのところに使っちゃだめだ」

「物見塔は気にしなかったじゃないか」

「あっちはよほどのことがない限り崩れないからね。こっちは一枚割れたら車にじかに響く。雨でも降れば結局泥道と同じことになっちまうし」

「雨でも降ればな。今はむしろ降ってもらいたいが……」

岩之助は暗天を仰ぐ。空気は乾いて降る気配もない。この冬はとんと雨が降らなかった。

「……火でも出たら、まずいだろうな」

言っていると前方から女の悲鳴が聞こえて、どさどさと何かの崩れる音がした。

「あにうえ、にくずれです」

鞍の前の美智丸が指さす。見れば、向こうからやって来た白い荷駄牛が、割れ石でも踏んだか、荷をこぼしていた。旅商人らしい三人組があわてて拾い上げようとしている。

岩之助は小者に声をかけた。

「雷王、行ってもらえるか」

「へーえ」

仕方がない、と言わんばかりに大男は向かっていった。

崩れた荷はいくつかの樽だった。杜氏《とうじ》の大樽ほどではないが、片手で持てるものでもなく、壮年の男と若い女が二人がかりで持ち上げようとしている。もう一人は角頭巾かぶりの年寄りで、牛にしてはずいぶん大事に扱われていそうな、白べこをなだめて落ち着かせている。

そこへ雷王がでかくて丸い面を突き出したから、女がひゃっと驚いた。

岩之助が馬を寄せる。

「吉水忠直、羽村陣屋の者です。野盗山賊の類ではありません。よければ手伝いましょう」

「羽村陣屋の……?」

商人たちは目を見張った。三人組のうち年寄りが言う。

「これはかたじけのうございます。手前どもは駿河の薬種商、松乃屋《まつのや》と申す者です。わざわざお侍様の手を煩わせるまでもございません、どうか捨て置き下されば……」

「そうは言っても手が足りぬでしょう。遠慮はご無用」

遠慮してはいるが、力のある男手が一人だけではどう見ても無理だ。押し切る形で岩之助は雷王に手伝わせた。力持ちの彼が樽を持ち上げたので、縄の掛け直しは楽に済んだ。

一行のうちの女は、肌が浅黒くて体格がよく、髪もきちんと髷にせず、檜皮《ひわだ》色めいた癖毛を後ろで玉結びにした鄙《ひな》女《め》ながら、目元口元はくっきりして印象深い。薬種商と言ったが、農民か漁民の継子かもしれない。歳は岩之助よりも二つ三つ上のようで、一般的な基準で言えば年増だが、縄をさばく手つきは少し覚束なく、同年輩のようにも感じられた。

「酒樽ですか」

岩之助がそう訊くと、はっとこわばった笑みを浮かべて、「薩摩の樟脳《しょうのう》でございます。

虫よけに用います」と答えた。

じきに積み直しが終わって両者は別れた。歩き出してから岩之助は舌打ちした。

「侍はなにかと嫌われる。仏心など出すものじゃないな」

「たすけてからおかねをまきあげるとおもわれたのかもしれません」

「おれが？　そんな顔に見えるか？」

「いまはちょっとこわいです」

弟に言われて、岩之助は軽く息を吐き、「雷王、よくやってくれた。おれが手伝ってもよかったんだがな」と馬の前の雷王に声をかけた。

雷王は何やら首をひねっていたが、それを聞くとニッと白い歯を見せて、「おれ一人で十分だったよ、がんすけ」と言った。

それからは特に何事もなく半里ほど先の羽村についた。

取水堰の目の前に玉川上水羽村陣屋が建っている。石造り城館の脇に伊奈石積みの円塔ひとつと、ほんの四台留めの馬車溜まりを備えただけの簡素な建物である。

それでも陣屋というからには役所の施設なのだが、ここはちょっと特殊で、同じ敷地内に玉川家という村人の民家が並立している。上水を施工した玉川兄弟らの番小屋である。

工事を指揮したのは岩之助の父だが、実際につるはしを持って十里の水路を掘り抜き、側壁の岩を積み上げたのは兄弟の率いる百姓たちだった。だから彼らには玉川の姓と上水管理の特権が与えられたわけで、実のところこの羽村で実力を持っているのは彼らのほうである。上水の整備やごみ取りも、彼らが主体となってやっている。

とはいえあからさまに敵対しているわけでもない。内心どう思っていようと、こちらは幕府の重役の子だから、面と向かってはうやうやしく従う。陣屋に到着した岩之助と美智丸は、彼らと雷王に馬を任せて館に入る。

「父上は？」

「八王子《はちおうじ》から急使が来たので、呼ばれて行かれました」

「八王子？」

「あさかわのはしでもおちたのでしょうか」

館のものに聞いた岩之助は、弟と顔を見合わせる。八王子は遠くないが、これまで関東代官が関わるような大きな普請はなかったはずである。それに伊奈家の本拠地である赤山城とも方角が違うので、二人は縁が薄かった。

ともあれ、陣屋の主人がいないなら気を遣うこともない。二人は夕食を摂り始めたが、すぐにまた新たな出来事で中断することになった。

「忠直さま、大変でございます。お馬が、お馬が！」

用人に呼ばれて急いで厩《うまや》に駆けつけてみると、なんということか、十頭近い馬たちがどれも口から血の泡を吹いて倒れているのだった。

二

「はやてまる！」

美智丸が、岩之助の愛馬の名を呼んで駆け寄ったが、明らかにもう手遅れだった。周りでうろたえ、恐れおののく者たちをかき分けて雷王が近づき、しばらく馬たちの様子と周りの桶などを見て、岩之助に言った。

「おそらく、水です。水に毒があった」

「確かか」

「馬の目の色と脚の震えです。誤って毒水を飲んだものを見たことがあります、忠直さま」

雷王が気安い口を利くのは二人の時だけで、周りの者がいる場では礼儀正しく振る舞う。岩之助はうなずいた。

「毒か……」

何かが脳裏に閃いた。これはただの惨事ではなく、変事だ。嘆き悲しむより先に、手を打たねばならない。

「馬の水は川から汲んでいる。よし雷王、取水堰の投渡木《なぎ》を取り払い、一の差蓋《さぶた》と二の差蓋を閉じてくれ」

「両方ですか」

「そうだ。上水を止める」

それを聞くと、騒ぎを聞いて出てきた二人の男が「忠直さま」「なりません！」と止めに入った。

玉川庄《しょう》右衛門《えもん》と清《せい》右衛門《えもん》の兄弟である。上水建設のために私財を抛《なげう》ち、一時は家屋敷までなくした彼らも、功成り名遂げた現在では顔役の威厳と恰幅を取り戻していた。

当年とって三十五歳と三十三歳。奉行不在の今はこの陣屋で一番にあたる実力者たちが、岩之助に言い聞かせる。

「なりません、水を止めるのはよほどの重大事です」「ご老中松平《まつだいら》様のお叱りを受けますよ！」

「水に毒が混じっていてもか？」

岩之助は思慮しながら言う。清右衛門が詰め寄る。

「まだそうと決まったわけではありません。馬が死んだだけです」

「一頭ならともかく、こんなに何頭も死んでいるのは、桶に毒を投じたなどという話じゃない」

岩之助は慎重に言い返した。

「この毒がどこから来たのかわかるまでは、もっとも悪い筋道を考えなければならない。そうだ、美智丸。本流を見てきてくれないか。魚が浮いていたり、水の色が変わっていたりしないか」

「はい！」

彼に向って、若様、と庄右衛門がもう一度言いかけたが、美智丸のひたむきな眼差しを受けて口を閉ざした。代わりに配下の村人が二人ばかりついて、武家の子供が溺れたりしないように同行していった。雷王はすでにさっさと出ている。

あたりはすでに暗い。小者が差し出す提灯を受け取った岩之助は、陣屋の表へ出て水路を見下ろした。そこへ雷王と美智丸たちが戻って来て報告した。

「差蓋を閉じました。投渡木《なぎ》も外したので、水に蓋が叩かれることもありません」

「あにうえ、ほんりゅうをみました！　しんださかなやへんなみずはなかったです！」

「ご苦労だった。これを見てくれ」

二人をねぎらってから、岩之助は膝をついて水面に提灯を下ろした。

上手にある堰が閉じられて、水路の水かさは減りつつある。その水面には何やら七色の油が流れて、不気味にてらてらと輝いていた。石垣の近くには鯰《なまず》が三匹ばかり、腹を見せて浮いている。

「決まりだな。ここだ」

つぶやいて振り向くと、陣屋の者が上下問わずに真っ青になっていた。

「馬番、馬の水を汲んだのはいつだ」

「あ、あれは日暮れ前に汲んでおいたものです。おれはいつも通りにしただけで」

「そのとき見附の番人は?」

「夕餉《ゆうげ》に引っこんでおりまして……」

下士どもは見た目にも震えながら答える。岩之助にしても内心の動揺は激しい。水番が目と鼻の先に毒を投げ込まれるなど、厳罰ものの不手際だ。いや、これはまだ変事の皮切りでしかない。これから先は——と頭に浮かぶことを、美智丸が代わりに両手を広げて叫ぶ。

「おえどが! おえどがたいへんです! どくがおえどにとどいたら!」

その通りだ。玉川上水の給水範囲はひとところでない。大門新宿の跳ね上げ門脇から大廓をくぐった上水は、四谷麴町《こうじまち》と外桜田、八丁堀を結んだ線より南のすべてを潤している。その中にはもちろん御本城——江戸城堀の内も含んでいる。

もしそこまで毒が流れ込んだら……。

いや、そうはさせない。

岩之助は感情を抑えて考える。日暮れからおよそ半刻ほど経った。一刻（約二時間）ということはないはずだ。少なくともそのころからすでに毒は流れていた。いっぽう、玉川上水の普段の流れは徒歩より速く、一刻でおよそ三里は進む。これは夏に美智丸と笹舟を流したから知っている。

だが、上水は羽村から四谷まで、素通しで十里を流れていくわけではない。

岩之助は立ち上がって言った。

「星火矢《ほしびや》を上げる。今すぐ砂川《すながわ》番屋に伝えれば、まだ水を止められる」

「おお！」

その手があったか、と人々がうなずき合った。

砂川村には二年前に築かれた番屋と堰がある。だがそれは別に毒を止めるためではなく、支流へ水を分けるためのものだ。もとより現地で勝手に水量を決めていいものでもないが、増水洪水のときは特に迅速な開閉が必要なため、元締めの羽村陣屋から合図することになっていた。昼なら狼煙《のろし》、夜なら星火矢である。

だが、またしても玉川兄弟が口を挟んだ。

「野火止《のびどめ》の堰を開けるおつもりですか。それではあちらに毒が流れてしまいます！」

それは痛いところだった。支流の野火止用水にも当然、人と田畑がある。

しかしそんなことは百も承知だった。岩之助はもう少しで怒鳴ってしまうところだった。

――支流がなんだ、とにかくやれ！　関東代官長子の仕置きだぞ！

ゆっくりと深呼吸をして、それを別の言葉に置き換えた。

「……聞いてくれ、玉川の。おれたちは今すぐ星火矢で急報したのち、砂川番屋に使いを立てる。そこで野火止の者に、朝まで水を汲まないように告げる。同時にここで大急ぎに水底をさらって、毒の入った泥をすべて取り除く。それから取水堰を開ける。さすればすでに流れた毒も、下流へ洗い流されよう。どこの誰をも苦しめずにことを乗り切れるはずだ」

兄弟は眉をひそめて考えている。そのあいだの一瞬一瞬にも毒が流れている。

岩之助はありったけの自制心を奮い起こして言った。

「やらなければ人が死ぬ。江戸でも、ここでも」

微笑んで見せたつもりだが、あまり穏やかな表情ではなかったらしい。兄弟がごくりと唾を呑んで、「なるほど、得心いたしました……」と頭を下げた。

やがて羽村陣屋の円塔から腹に響く音とともに砲弾が打ち出され、高みではじけて大きく輝いた。どんと一発、間を空けてもう一発――そのふもとの暗がりにはいくつものかがり火が焚かれ、番屋中の男手がかいぼりを始めている。

しかし岩之助はそれを見ることなく館のうちに入り、用人の手を借りて裁着袴《たっつけばかま》にぶっさき羽織、手甲《てっこう》姿の出支度を始めていた。廊下まで呼びつけられた雷王が、膝をついて侍りながら訊く。

「いま合図して、間に合いますかね。毒の投入が日暮れよりずっと早かったら、とうに砂川を過ぎてます」

「何を言ってる、確かに日暮れごろだ。おまえも下手人を見ただろう」

「え？　――ああ！」

雷王ははたと膝を打つ。

「あの樟脳売り！」

「多分な。冬に虫よけもないものだ。変だと思わなかったのか？」

「いや、確かに樽のひとつが軽かった。さすがは御慧眼、関東代官のご長子さまだ。で

――」

しきりに感心した雷王が、腕組みして岩之助の支度を覗きこむ。

「それは何をなさってるんで？」

「何をじゃないだろう、江戸殺しを企む大罪人が江戸に向かっているんだぞ。放っておくわけにもいくまい」

「そんな――今から江戸へ？」

雷王が小声で言った。

岩之助は石壁にかけられた羅紗の壁飾りに目をやる。そこに手縫いで大きく、剣梅鉢の伊奈家の紋が縫い付けられている。

「賊の顔を見たからな。夜通しになるが、おれが行くしかない。ついでに砂川への使いの役も果たせるな、一石二鳥だ――」

振り向いた岩之助は、雷王が白っぽい顔色でうつむいていることに気づいた。

「……どうした？　十里の夜駆けは気が進まないか」

「十里……門までに追いつけなけりゃあ、ひょっとして……いや、そんなまさか」

「何をぶつぶつ言ってる。おまえは関東代官のご長子さまを一人で行かせるような薄情者なのか？」

そう声をかけると、雷王はひとつ、ぶるっと頭を振って口角をあげた。

「いや！　滅相もねえ。明日の江戸へ行くというなら、なおさらあんたを一人にはしませんよ」

「そうか。じゃあおまえも何か腹に入れてくるといい」

「合点」

雷王と入れ違いに、ばたばたと小童が駆け込んできた。

「あにうえ！　はなしはおききしました、やつらのかおならみちまるもみています――！」

叫ぶ弟にかがみこんで、岩之助は頰を撫でる。

「美智丸、おまえは残ってくれ」

「でも」

「父上がお戻りになったとき、これまでの経緯を詳しくご報告する者がいなくてはならん。それは賢いおまえの他にない。大事な役目なんだよ」

美智丸は目いっぱいほっぺたを膨らませて不満を示したが、じきにジッとうなずいた。

「わかりました、おやくめ、おおせつかります。――あの、あにうえ！」

「ん？」

「おれのせたけがよんしゃくをこえたら、つれていってくださいね！」

「もちろんだ」

作り物でない笑いを岩之助は浮かべた。

間もなく、支度を整えた岩之助は館を出る。すると、長屋から戻って来た雷王に、「がんすけ、待った」と止められた。がんすけはやめろと言いつつも岩之助は彼についていく。

厩であった。むしろをかけられた死骸に今一度、二人で両手を合わせた。

「はやて丸の弔い合戦、そのつもりで行こうな」

「そんなことよりお江戸のほうが……」

「いやいや、そんなことじゃない。あんたは優しいから、こうしておかないといざというときに、な」

ふんと岩之助は鼻を鳴らした。

雷王のいで立ちは法被に股引姿で、六尺棒を背にかけている。時間もなかったのにそれなりの旅装だ。食ったかと訊くと、三人分と腹を撫でる。岩之助は厩を出ながら、左腰に手を置く。

肝心要の大小刀がある。人を斬ったことはないので抜きたくないが、必要になることもあるだろう。

「行こう」

黒漆塗りの陣笠をかぶって外に出る。表ではかいぼりが騒がしい。馬がないから車も出さない。静かに歩む主従二人に、わずかに三人ほどが気づいて頭を下げる。

まるでそれ以上の見送りを厭《いと》うかのように、すみやかに岩之助たちは陣屋を出る。

三

砂川番屋までは三里弱。上水沿いの守り道を、息をもつかずに早駆けに駆けて、一刻と経たずにたどり着いた。懸念の星火矢もちゃんと円塔の番人が望見しており、二列に並んだ差蓋のうち、江戸向きを完全に締め切って野火止用水へ流していた。岩之助はこれをねんごろに誉め、わけを話した。

春一月、畑に蔬菜や麦は植わっているが、そう多くの水を使うわけでもない。田んぼは空《から》だ。野火止の者は事情を認め、手順を呑みこんでくれた。

「今ごろでよかった。代掻《しろか》きの季節だったらやばかったね」

「ああ、そうだな――」

話しながら番屋を出たところで、いちど岩之助は足を止める。雷王の言葉は聞き流せずに腹に溜まった。

今ごろでよかった。——なぜ、今なのか。

夜は深まり、あたりは闇だ。寺鐘の鳴る時刻ではないが、亥《い》の刻（午後十時）ごろだろう。夕方の向かい風が消えたのはありがたいが、どうも逆の風が吹きそうだ。提灯の下を音もなく流れる黒い水を見つめながら、岩之助はしばし、考えた。この時期に賊が江戸を狙うのは、どういうことなのかと。

それが長考に過ぎたか、やがて雷王に肩を揺さぶられる。

「それでどっちへ行くんだね、忠直さま」

「え？　ああ——」岩之助はあっさりと下流を指差す。「新宿へ」

蠟燭《ろうそく》を付け替えて歩き出してからも、「走らなくていい、じっくりだ」と彼は雷王を制した。先を行く遠慮のない大男は、番屋が背後に遠くなると、「どうして新宿なんだね」と率直に尋ねる。

「あの樟脳売りに話でも聞いたのかね」

「聞いちゃいない、推測だ。向こうになったつもりで考えてみろよ。馬十頭をたやすく殺す猛毒を撒いた以上は、巫山戯《ふざけ》や試しでないのは明らかだ。堅い意志と確かな狙いのもとにやったに違いない。それなら投げっぱなしで帰るということはないだろう。必ず毒の効き目を確かめるはずだ。だからやつらは——」

「上水の尽きるところまで行く。なるほどね、それはまあわかった。しかし——牛だぜ？　夜だぜ？　女と年寄り連れだぜ？」

雷王は食い下がる。

「牛も女も、こんな夜中に歩くかね。普通どこかで泊まるだろう。田無宿《たなし》じゃないか」

「番所の前で悪事を働いて、まさか追手がかからないとは思っていまい。のんびり宿場で寝ちゃいないよ。目的を果たすまでは夜が昼になろうが、歩くさ、必ず」

「ということは、おれたちもか」

「だからじっくりと言っているんだ」

ここに至って雷王は完全に歩みを緩めて、ぶらぶらと散歩のような足取りになった。

「それじゃ、まあ、長丁場と行きますか……」

「しかし夜明けには間に合わせるからな。新宿大門が上がったら取り逃がしてしまう」

「へいへい」

雷王の言葉通りの長丁場となった。

砂川から青梅街道に出れば田無宿までが三里弱、田無宿から次の中野宿までがやはり三里と少々である。しかし二人の行先はその先の新宿であるし、そこまでのあいだに上水の様子を確かめる必要もあった。途中で改めて毒を落とされている恐れがある。

ゆえに二人は、やや南に逸れた上水沿いを、黙々と歩くことになった。街道からは外れるが、しまいにはやはり新宿へ着くからだ。

国分寺を右手に府中街道を横切り、まだ田畑すらない小金井、梶野の原野を井の頭のほうへ——地名は頭にあるが、確かではない。どちらを向いてもゆるやかな小山と雑木林が黒々とわだかまる、明かりも目印もない武蔵野だ。いざというときに備えて蠟燭は消したから、迷い、つまずいても不思議ではない。

だが折よくまた風が吹き始めて、星が輝き、明るくなった。上水の白堀というのは両岸が石積みということであり、色の明るい伊奈石の並びは良い目印となって、時折わずかに左右へ折れながらも、二人の足をどこまでも導いた。

「で——だ」

唐突に、だが当然のことに触れ始めたという口調で、雷王が言う。

「あれはどこの誰様かね?」

「——それはおれもずっと考えている」

まあ聞いてくれ、と岩之助は話し始めた。

「さっきおまえが言った通り、もし田植え前の季節に毒を撒かれていたら、ひどくやっかいなことになっていただろう。堰を閉じて水を逃がそうにも、百姓たちが許してくれず、閉じる閉じないで揉めているうちに、毒が通ってしまったはずだ。しかし賊は、今を選んだ」

「田植えを待つほどの知恵がなかったのかな？」

「かもしれない。しかし急いだのかもしれない」岩之助は背後を見る。背後というより、西の方角だ。「どうしても今、江戸に毒を流さねばならなかったのかもしれない」

先を行く大男の頭が、ちらりとこちらを振り向いた。

「今年――何かがあるだろうって？」

「あるいは、去年までに支度が整ったとか」

「支度か……」少し間をおいて、六尺棒を担いだでかい背中が、ぽつりと言った。「由比や丸橋の一味じゃないかね？」

「まあ、その名は出て来るよな」

岩之助はどう返したものかと笠の顎紐をひねくった。

楠《くすのき》流軍学者を自称する駿河出身の由比正雪《ゆいしょうせつ》が、丸橋忠弥《まるばしちゅうや》ほか浪人多数と語らって、幕府転覆の陰謀を働いたのは、ついこの六年前のことである。末期《まつご》養子の禁令によって多くの藩が断絶し、主家を失い浪人となった侍たちが、幕府を恨んでのことだった。

この企みは丸橋が江戸城を爆破して井戸に毒を投じ、その混乱を突いて由比が上京、討幕の勅許を得るという大胆な計画だったが、事前に密告があって丸橋は捕縛、由比も江戸を出ることもなく新宿大門で取り押さえられた。世に言う慶安の変であった。

「水に毒を入れるというのは、確かに丸橋がやろうとしたことだ。一味のすべてが捕まったとも言えない——何しろ二千人からの浪人が加わっていたそうだから。百や二百は漏れただろう。そいつらの恨みは消えていない」

「まず、そうだろうね」雷王が相槌を打つ。「その残党か、あるいは鈴ヶ森で処刑された一味の家族が、あの樟脳売りなのかもしれない」

「ふうん、おまえはそう思うのか」

「あんたは違うのかい？　忠直さま」

「違うというか——しっくり来ない」

「どこが？」

「羽村で毒を撒いたところが」岩之助はきっぱりと答えた。「丸橋忠弥の毒と爆薬は、江戸の麻布で見つかった。それらは全部町奉行に召し上げられて、越中島《えっちゅうじま》で焼かれたという話だが、もし悪党がその残りを手にしたのだとしても、撒くなら江戸市中に撒けばいいことだ。それができる井戸も上水もいくらでもある。——だったら、それをわざわざ十里も離れた羽村まで運ばなくてもいいだろう」

「……おお」

「しかも使い残したまま、江戸へ向かったんだぞ。江戸から来てそんなことをする理屈は思いつかない」

「確かに」今度は雷王が何度もうなずく。「道理の当てものだ。そう言われると由比や丸橋は関係なさそうですな」

「そうなんだよ」岩之助はため息を吐く。「だから難しい。それ以外で毒を撒きそうな者ということになるから」

「うーん……」

二人は思案投げ首だったが、上水がまた少し右に折れて、近年のものでない古樹が両岸にこんもりと茂り始めると、あっと別のことに気づいた。

「忠直さま、御殿山《ごてんやま》です」

「やっと井の頭か」

井の頭のあたりは鷹場で、小高い所に三代家光公の御殿が建つ場所だ。玉川上水はこの山裾の木立を横切っている。雷王は如才なく頭を下げ、岩之助もそれに倣って笠を外した。

この北側からは神田上水が始まって、屈曲しながら北東へ向かうが、玉川上水は南東に逸れていく。そちらへ向かう二人だが、いったん会話が途絶えたせいもあって、足取りは鈍り始めていた。無理もないことで、すでに七里と半（三十キロメートル）を踏破している。その前に一日の見回りをした上で、である。

「雷王、水はあるか」

「水なんかそこにいくらでも——あっ」

「ふふ、おまえもか」

「おれもです。いやあ、抜かりました」

上水を見回るのに水筒を持ち歩く馬鹿はいない。普段と同じそのつもりで、つい出てしまい、今になって暗い泥底を見下ろして困っているのだった。

しかし水のない道行はつらいものだ。間の悪いことに夜半から北風が強まってきた。二ヵ月以上湿りを受けていない土地から埃が上がって、喉に貼りつき目に入る。

「これはだめだ、雷王ちょっと待て」

声をかけると、岩之助は石垣に爪先をかけて降り始めた。底の溜まり水をあてにしたのだ。漆塗りの陣笠を逆さに持って、水を汲もうとする。

その途端、つるりと手が滑って底に落ちた。

「うわっ」「忠直さま！」

すかさず雷王が飛び降りてきて、岩之助を泥から引きずり出し、石垣に押し付けた。ほうほうのていで這いあがる岩之助の尻を押して、雷王も登ってくる。

そうして堤の上にへたりこんだが、二人とも腰下が泥まみれになってしまった。荒い息遣いで岩之助は謝る。

「すまん、雷王」

「たいしたことはねえです。一日に二度はごめんだが」

「助かった。まあ飲め」

差し出す陣笠に、ひとすくいの水が揺れていた。雷王は瞬きすると、それをほんのひと口、すすって返した。

「ごちそうさまで」

「それだけでいいのか？」

「主人と小者が半分こでもないでしょう」

雷王はそう言い張って、あとはいくら岩之助が押しつけても飲もうとしなかった。

袴の泥を拭《ぬぐ》い落としながら、岩之助は思い出す。

「以前にもこんなことがあったな。秋留《あきる》の石切丁場で――」

そこが二人の出会いの地だった。

秩父の山から多摩川支流のひとつが流れ出る、秋留村。父親の見回りについて石切丁場にやってきた岩之助と、その巨体ゆえに特大の石ばかり運ばされていた雷王が顔を合わせた。まだ十三歳の腕白盛りだった岩之助が、石切跡の真っ暗な水穴に落ち、誰もが恐れて入らなかったときに、雷王だけが果敢に飛びこんだ。

「おればかり借りが貯まっていく。どうすれば返せるかな」

岩之助は苦い笑みを向ける。雷王は水害で村を失った根無し草だと自称していたくせに、金子《きんす》だの士分への取り立てだのといった、謝礼のたぐいを受け付けなかった。ただ、草履取りの身分でいいから、あちこち連れて行ってくれと言った。

「存分に返してもらっておりますよ」

闇の中に、雷王がわざとらしく、あくどそうな笑みを浮かべる。

「おれはね、世の中に広く使われている、石を見るのが楽しみだから。日の本広しと言えど、関東代官伊奈様ほど広く地方普請《じかたぶしん》を手掛ける方もない。東に利根川を捻じ曲げて橋を架け、西に大廓を建てなさる。近くは伊奈石、七沢石、真鶴小松石に大谷石を集め、遠くは伊豆の熱海石、磐城《いわき》の天光石、三河の篠島石などまでお取り寄せなさる。こんなにありがたい方もない」

「それはおれじゃない。おれの親父か、さもなくば美智丸だ」

岩之助がついそう言ったので、おやと雷王が首を傾げた。

「そこを気にしておられたか？　ご自分が跡継ぎでないことを？」

「ひとかどの家に生まれてそれを気にしない長子がいたら、顔を拝んでみたいものだ」

布で縛った傷口を再び開いて洗うときのように、口に出すと痛みがぶり返した。

その通り、岩之助は伊奈家の跡継ぎではない。昔、父忠克が若いころ、村娘に手をつけて産ませてしまった子だからだ。母親の身分などほとんど問題にされない時代だったが、父に同じ譜代の家の許嫁《いいなずけ》がいたのが悪かった。

岩之助は伊奈ではない名で元服することになった。その名を継ぐことになるのは九つ下の美智丸である。これで弟の性格が悪ければまだ憎みもするのだが、あの通り天真爛漫で欠けるところのない賢弟なので、逆に胸の痛みはいや増すのだった。

「伊奈の跡継ぎさまに傷でもつけたらお家の大事だからな。だから置いてきたんだよ」

そう毒づく岩之助に、雷王があきれ顔を向ける。

「いや、単に可愛いからだろう……がんすけ、あんたは悪者に向いてないよ」

「なぜそう言える」

「見てりゃわかるさ、馬鹿」

雷王の含み笑いが聞こえる。闇のおかげで顔を見られないのが救いだった。

「行くぞ」

背を向けて再び歩き出す。文句のひとつも言わずに小者がついてくる。まだ気恥ずかしさが残っていたので、「なんでそんなに石が好きなんだ」とぶっつけるように訊いてみた。

「おれのいた国では石の塔や楼閣がなくてね。こっちへ来たら無邪気に石ばかり使ってるんで、珍しくて驚いたのさ」

「ふん？　じゃあ何で建物を建てていたんだ」

「木だな。山で切った木を川に流して、下流の木場に貯めて、お城も塔も壁も作っていた」

「木？　木なんか折れてしまうじゃないか、なんで石を使わない？」

「石は地揺すりで崩れるからさ」

「地揺すり？　何かの兵法か？」

「地面が揺れるんだ。グラッグラとね」

「地面が揺れる……？　おまえ、からかってないだろうな。いやからかっているのはいつもか」

聞いたこともない不穏な話をおかしく思ったが、雷王はただフフフと笑っていた。

そのうちにいっそう夜が更けて、歩きながらの会話と事件も、眠気と疲れに飲まれていった。井の頭から一里半で代田《だいた》の水番所にたどりつき、ここの水溜めでようやくまともな水にありついた。徹宵《てっしょう》の番人は水切れのわけを知りたがっていたが、細かく話す気力もなく、ただ水が汚れて一時的に止めたとだけ説明した。

だが、だめで元々のつもりで訊いたひとことが当たった。

「荷駄牛の商人？　通りましたが、そいつが何かやらかしたんで？」

「何、通った？　乳のような白牛だぞ」

色めき立って尋ねたところ、確かに例の牛らしい、三つの樽を振り分け積みにした荷駄牛が守り道を通ったということだった。二人か三人、ついていたと言う。

「こんな時間に牛を追うなんておかしいとは思いましたよ」

「押し留めて改めなかったのか？」

「はあ、その、円塔から見ただけで……浪人や一揆とも見えなかったんで」

要は面倒なので見逃したということだった。

それでも有力な手掛かりに違いなく、二人は奮い立って先へ向かった。

代田を過ぎてすぐに七ツの鐘（およそ午前四時）が鳴る。夜明けが近づく中、二人は足を早める。

「雷王、朝の大門前は――」

「ああ」

上水並木の向こうにうっすらと巨大な白壁が見えた途端、何もかも様相が変わった。かがり火の光と、物音があふれた。馬のいななき声、敷石を掻く蹄の音、轅《ながえ》のぶつかり合うガチャついた響きに、御者と乗り手の怒鳴り合い。最後の丘を回ると、そこは明け方の闇にひしめく馬車と牛車の海だ。青梅街道と甲州街道、そのほかの間道からやってきたのか、近在の百姓や漁民だけにはとどまらず、大げさに家財を積んだ荷車までもが集っている。

そのすべてを遮るのが、高さ百尺の御影石の壁に穿たれた大穹窿《アーチ》、幅八間に高さ六丈(約十八メートル)の巨大な落とし格子門なのだった。その大きさと威圧感に、岩之助は唾を呑みこむ。

――こんなばかでかい石積み物が、よく崩れてこないものだ。

大門新宿。そもそも大廓が築かれた江戸幕府開府のころには、この門は単に酉《とり》の門と言って、宿場などなかった。しかしその門が日の入りに閉じ、日の出に開くと定められたため、当然、早朝に人が溜まるようになった。前日の開門中に間に合わなかった遠来の旅人などは宿泊を要したため、大門新宿という宿場が生まれた。

門前がことのほか混雑するのは、大廓内で産物を売りさばこうとする近郷近在の百姓漁民が集まるからだ。しかしそれは大廓内で市《いち》の立つ日のことだ。

今日は市の日ではないはずである。どうもおかしい。

「もし、そこの方。今朝はなぜこんなに混んでいるのか」

いかにも遠来だと思われる、四頭立ての長馬車に訊くと、煙管片手の御者が、泥まみれの岩之助にうさんくさそうな目を向ける。

「なぜってな、不穏だから……」

「不穏？　何が？」

「陣馬山……片倉も」

「なんだと？　陣馬山《じんば》というと……小仏《こぼとけ》の関所で何かが？　片倉とは？」

ひゅうと風が巻いたのをいいことに、寒いとばかりに御者は藁蓑《わらみの》に顔を埋めてしまった。それきり声をかけても眠ったふり。

岩之助はなんともいやな気持ちになったが、「忠直さま、今は樟脳売りだ」と雷王に引かれて馬車から離れた。

「その通りだが、どれがあいつらか、わかるか、雷王？」

「無茶言わんでくだされ、ざっと見て三百台は下りませんぜ」

「探すのは車じゃない、白牛だ。色だけ見つけろ！」

言い合いながら雑踏に走りこんだが、これは無理だった。立て込みすぎていたし、第一、春の朝まだきこの時刻、大門左右のかがり火だけでは、白牛も黒牛も見分けがつくものではない。

「どうします、忠直さま。樽三つの白牛、と叫んで回るかね」

「百姓町人にはおれたちが何者かわかるまい。混乱を引き起こすだけだ、待て――」

岩之助は歯を食いしばって深慮する。この中にやつらがいるのか、いるとしたらどこか。門の通過時には積荷《つみに》改《あらため》がある。酒でも酢でも試しに取られる厳重な検査だから、毒がそのまま通りはしない。だが例のやつらは代田までも樽を背負ったままで来た。毒を通さぬことを知らないのだろう。ここでそれを知ったら、その者は何をする――？

「……水溜めだ、雷王、大門横のくぐり口だ！」

大廓の大穹窿の南側に、小穹窿が穿たれている。これが玉川上水のくぐり口だが、太さ二寸の南部鉄棒を組み合わせた柵が沈められているから、名前に反して人が潜《くぐ》れるものではない。よって番人もついていない。

しかし大門のかがり火はかろうじて届いている。そこに何者かが樽三つの白牛を寄せたのと、岩之助たちがそれを目撃したのは、ほとんど同時だった。

「その者待てッ！　樽を落とすな！」

叫んで駆け寄ろうとしたが人が多い。待て待てと呼ばわって右に押しのけ、左に突き飛ばしたが埒が明かない。

「どいてくれ、くそっ——そうだ雷王、おれを投げろ！」

「承知した！」

岩之助の両腋に手を入れた雷王が、猫の子でもつかむように振りかぶって、思い切りぶん投げた。驚いて見守る農商の頭上をすっ飛んだ岩之助、そのまま草履の足底で壮年の横っ面を蹴り飛ばし、くるりと着地するとともに、もう一人の頭巾爺を取り押さえる。

「捕らえたぞ、この毒壺使いの大逆人め！」

息を荒らげながら岩之助は馬乗りになる。そこへ駆けつけた雷王が、壮年男のほうも押さえつけた。刃物でも出てこないかと持ち物を改め始めたが、はたと気づく。——もう一人は？

「女はどうした！」

それを聞くと老人がにやりと凄絶に笑い、

「大悪人の徳川宗家に尻尾を振る、恨み重なる幕府の犬ども。貴様らに教えることなど何もないわ。江戸の民もろとも血の泡を吹いて死ぬがよい」

「あっ、くそ」

言った端からせき込み始め、たちどころに自分が血を吐いてこと切れてしまった。

「なんてことだ……」

「忠直さま、こっちもだめだ」

二人は呆然と亡骸《なきがら》を見下ろした。

「覚悟の上だろうとは思っていたが。そっちはなんと言っていた？」

「何も。恨み言だけだ。大悪人の徳川宗家――」

「こら、わざわざ繰り返すものじゃない」そうたしなめた岩之助だが、ふと引っかかって自分もつぶやいた。「大悪人の徳川宗家……？」

荷駄牛を振り返る。目の前で曳き手が往生したのに逃げも隠れもしないのは、さすが鈍牛と言うべきか。立って積荷をよく調べたところ、樟脳樽には丸に十の字の島津氏の焼き印が押されている。が、調べていくと、「これだ」と雷王が声を上げた。

「見てください」

差し出したのは老人がかぶっていた角頭巾で、光沢のある羽二重《はぶたえ》を使ったものだった。裏返すと墨字で「亜」の一文字があった。

「これだけどえらく上等です、他の服と釣り合ってない。きっと賜りものだ……ああ、そうだ！」

「なんだ」

「亜といえば唐で言う亜相《あしょう》、大和言葉で言う大納言ですよ。大納言といえば？」

「大納言……」

岩之助とてある程度武家の教育は受けたが、官人に詳しいわけではない。考えこんでいると、雷王が別の樽を調べて、こっちは空だぞと声を上げた。

「そこの！　何事だ！」

遅まきながら駆けつけた門番たちの大声を、荒々しい北の風がかき消した。

やがて落とし格子からまばゆい光が差しこんだ。はるか東方の海上に昇った朝日が、大門を通じてここまで届いたのだ。待ち焦がれていた人々がいっせいに動き支度を始める前で、ゴロゴロと重い轆轤《ろくろ》鎖《ぐさり》の音を立てて、落とし格子門が上がっていく。

ここに明暦三年一月十八日の夜が明けた。

息を吹き返したように体を伸ばして門へ入っていく人々の横で、岩之助たちは門番に身分を明かし、わけを話す。ただの喧嘩や揉め事ではないと知った門番は、あわてて上役を呼びに走る。

その先のことを考える岩之助に、雷王が声をかける。

「忠直さま、女はどこへ行ったと思う?」

「もうひとつの毒壺を持っていったんだろう。それを江戸に撒くつもりで、ここではなく、なおかつここまでの道筋からたどり着けるところと言えば……」

「神田上水」

二人はうなずき合った。井の頭池から流れ出て玉川上水と分かれる、もう一本の水脈だ。

「そうまでするこいつらの正体だが……徳川家ではなく、わざわざ宗家と口にしたな」

「そう聞きましたな。そして駿河者だということは、恨みの筋はつまり――」

「ああ」

今度は目を合わせただけで、二人とも口に出さなかった。

いろいろな見当がついたところへ、門番が与力を連れて戻ってくる。岩之助は遺骸のそばで笠を脱いで待ち受ける。人死にが出ている以上は、慎重に筋を通さなければ事がこじれる恐れもある。

今すぐにでも門内へ駆け込みたい思いを、岩之助は懸命に抑えた。

四

神田上水も大廓をくぐる。大門新宿より二十町ほど北で大江戸の内に入った流れは、老松の茂る目白台の下に築かれた大洗《おおあらい》堰で必要なだけ分流される。あたりは草木が生い茂って、まだ神田山や駿河台のあたりほど栄えておらず、落とし口の滝音の他には西の高田に広がる馬場からいななきが聞こえてきたりする程度だが、それでも堰には番小屋がついている。何しろ二十年来、御本城へ飲み水を取り入れてきた大事な堰だ。

午《うま》の刻（正午）ごろ、近くの木立からきゃんきゃんとけたたましい犬の鳴き声が響いた。野犬など珍しくもないが、あまりに悲痛な声なので番人たちが見に行くと、いったいどんな性悪の仕業か、荒縄でくくられた黒犬が榎《えのき》の木の高さ一丈ほどの太枝に、吊り上げられて苦しんでいるのだった。

高みを北風が吹きすさんでおり、榎はゆさゆさと揺れる。よじ登って助けるか、鎌でも使って縄を切るか、それとも見捨てるか。ああだこうだと番人たちが相談している間に、小屋を回りこんで大堰に近づく、大深かぶりの人影があった。水辺に腰を下ろして背負い行李《ごうり》を降ろし、さも一服付けるかのように中身を引き出す――。

「おっと、その壺待った！」

そこへ走りこんだ若侍が、横から飛びついて行李をもぎ取った。とっさに人影が懐から何かを取り出そうとすると、若侍の連れの大男がその手首をぐいとつかみ上げた。

「どうやって大廓をくぐったのか知らんが、ここが先途だ。あんたらの企みは全部露見したぜ、駿河松乃屋のお嬢さんよ」

そう言って大深の笠をむしり取ると、現れたのはあの檜皮色の髪の女だ。「あなた方は……！」と目を見張る。

「そう、おれたちは――」と言いかけて、岩之助は首をひねる。「名乗らないほうがいいかな。無理を言って大廓をくぐっただけならまだしも、ここで捕物の真似事までやってしまうと、さすがに左近将監《さこんのしょうげん》さまの目玉を食らいそうだ。そこらの自身番に放りこんで逃げたほうが……」

「江戸町奉行に気を遣ってる場合じゃないでしょ。第一、おれたちはもうこの女に名乗ってます」

雷王がそう言うと、調子を合わせたわけでもなかろうが、女も「吉水さま……でしたか」と名を呼んだ。

「まあ、それだ」岩之助はあきらめて、刀を抜きながら改めて名乗る。「伊奈忠克が長子、忠直。愛馬はやて丸の仇につき、おまえを捕らえる。剣は下手だから暴れるなよ。どこを斬ってしまうかわからん」

「そこは言わなくていいのに……」

「名を聞こうか、女」

雷王のつぶやきを無視して岩之助は尋ねる。だが返事は期待していなかった。彼女の二人の仲間は名乗らず死んだ。

「三保《みほ》の羅鱶《らぶか》」

意外にも答えがあった。「らぶか？」と岩之助は聞き返す。

「らぶか、深い海に棲む魚です」女はうっすらと笑みを浮かべる。「地揺すりの日の前の晩に浮いてくるの。地揺すりを知らせる魚。だから私はそう名付けられたんです」

「地揺すり……」

岩之助はつぶやく。傍らを見るが、雷王は眉をひん曲げて見つめるだけで、無言。

また岩之助は尋ねる。

「なぜ毒を撒いた？」

「……」

「当ててみせようか。駿河大納言様押し込めの恨みだろう」

羅鱶と名乗った女がキッと目つきを険しくしたので、岩之助はため息をついた。

「馬が数頭で済む話じゃないとは思っていたが、本気で上様のお命を狙うはかりごとだったか……」

話しながら岩之助は現実感のなさに眩暈がしそうだった。

駿河大納言こと徳川忠長《ただなが》は、三代将軍徳川家光の弟、つまり現在の四代将軍家綱の叔父にあたる。この人はもともと徳川宗家と折り合いが悪かったものの、甲斐駿河遠江《とおとうみ》の領地を与えられ、駿府に居を定めてからは、特に問題も起こさず永年暮らしていた。しかし数年前に結局高崎藩に押し込められて、四十五歳で自刃させられてしまった。

自称松乃屋のあの老人の口ぶりと、駿河の者だというところから、その関係だろうと想像してみたのだが、当たって嬉しいことでもなかった。徳川将軍を狙った暗殺未遂など、とうてい在方の自分の手に負えるような事件ではない。町奉行どころか江戸じゅうの武家に駆けつけてほしいところである。

「逆恨みや筋違いではないのです。これは正しく仇討ちというもの」

羅鱶は雷王に手首をつかまれたまま、自分で望んでそうしているかのように、しゃんと立って語る。

「忠長さまは白い砂と青い松の三保村がたいそうお気に召して、駿府のお城でつらいことや悲しいことがあると、たびたび遊びにいらしては、釣りや遠乗りを楽しんで行かれました。ここで気晴らしができるゆえ人を恨まずに済むと、私のような者に聞こえるところでもおっしゃっていたんです。分け隔てのない、良い方でした。――それなのに」

「乱行乱心あそばした、と」あとを引き取ったのは雷王だ。「五十五万石を領する従二位の貴き身で、百姓漁民と交遊するなどあるまじきこと、とかなんとか」

そう言ってから、横を向いてぶつぶつつぶやく。

「これも確かに御乱心だが、あべこべなんだよなあ。駿河大納言と言ったら、側近を斬ったり猿を虐殺したりのやけっぱちだったはず……」

「雷王、何を言ってるんだ。お目通りいただいたことがあるのか?」

「いや別に、ただのうろ覚えで。ともかくその後、高崎にお預かりの身になって自刃させられてしまったってのは、おれの知ってる通りみたいですな」

「おまえはむやみと変なことを知っているな」

首を振って、岩之助は羅鱶に刀の切っ先を向け直した。

「そこまではっきりしているなら是非もない。町奉行所に引き渡し、おれからわけを話してやるから、観念するがいい」

「しかし忠直さま、上水二つの御水汚しともなれば、この女は磔《はりつけ》、悪ければ鋸挽《のこぎりびき》の極刑だ。この場で手打ちにしてやるほうが慈悲かもしれんよ」

「んむ……」

岩之助は顔をしかめる。確かに雷王の言う通りだ。

「やるかね」

雷王は事務的に羅鱶の両腕をつかんで広げる。岩之助の前に女の体が吊るされる。

岩之助は構えた刀を握り直し、また握り直す。無表情に見つめる女の視線が重い。愛馬の無残な死にざまを思い浮かべて、斬らねばならぬと自分に言い聞かせる。――が、腕がなかなか上がらない――この大逆人め、と心から思うことができない。

巨石で壁を築いた者に対して、自分も似たような気持ちを抱いている。

フッと女が鼻を鳴らした。

「あんたが鈍いから江戸が燃える」

次の瞬間、雷王の両手にズバッと青白い火花がはじけ、大男が叫び声をあげて手を放した。自由の身になったとたんに羅鱶は石組みの大堰を走り――なんと、闊《はば》三間（五メートル半）はある水流を軽々と飛び越えて向こう岸へ逃げた。

「雷王、大丈夫か!?」

「あつつ……油断しました。あいつどうやって大廓を越えたのか不思議だったが、これはきっと軽業ですな」

「ただ者じゃないな。なんだあれは、天狗《てんぐ》か？　乱波《らっぱ》か？」

「そのたぐいだと思いますが、ちょっと引っかかることがある」

「ちょっと？」

「うらみとたくらみが釣り合わない」

岩之助はまじまじと雷王を見た。煙の上がる手のひらをふうふうと吹いていた大男は、まあ大丈夫だと両手を揉むと、真剣な顔で岩之助を見た。

「とにかく、追っかけましょう。まさかと思っていたが、やつは最悪のことを起こすかもしれない」

「最悪のことと言うと？」

「燃えるんですよ」雷王が片手を東へ振った。「ここから、あっちまで、全部」

「なんのことだ！」

「わかりませんか？」

薙《な》いだ手を、今度は頭上に持っていく。

乾《いぬい》の風が、ごうごうと渦を巻いていた。

目白の丘を東へ逃げる女を追って、堰の水門を駆け渡り、白堀の神田上水を伝っていくと、水はひときわ広大な築山池泉の庭園に流れこむ——小石川後楽園こと水戸《みと》侯別邸、七万七千坪の大御殿だ。

「やつは？　中か？」

「多分こっちだ」

「多分？」

雷王は御殿に入らず、北側の大道を駆けていく。あてずっぽうかと思えば、こまごました旗本屋敷が立ち並ぶ上り坂の先に、駆け行く女の姿が見える。まるでこちらを誘っているかのようだ。水戸侯と言えば徳川御三家のひとつだから、関東代官の長子風情が入りこんだら、箒《ほうき》で掃き出されても文句は言えない。入らずに済んでよかったとも言える。

「急げ、雷王！」

言いはしたものの、実のところ脚がろくに動かない。一睡もせずに十数里を歩いているのだから無理もない。肺と腋腹《わきばら》とふくらはぎに激しい痛みを抱えながら、へたへたとよろばい走る。

小笠原信濃守、本多内記政勝、酒井日向守忠能といった大名屋敷の瀟洒な望楼や鉄柵石塀がそびえるあいだに、五百石、百石取りの御家人連やごみごみした町家などが混ざり立つ、迷路のような本郷の町中を抜ける間に、「やっぱり、やっぱりだ、くそっ！」と雷王が叫び、何のことだと思っていると、ひらひらと走る疲れを知らない女の姿が、空き地を駆け抜けてとある敷地に駆けこんだ。それを追って石組の穹窿門《アーチ》をくぐる際に、岩之助は掲げられた寺号を目にする——。

本妙寺《ほんみょうじ》

伽藍《がらん》から流れ出す読経の声と、しめやかにして濃密な香りの煙が二人を押し包んだ。

「……寺か！」

ひしめき合う町人たちの向こうには大きな香炉が焚かれてもうもうと煙を上げている。周りを囲んだ金襴緞子《きんらんどんす》の僧たちが経典を読み上げながら、合間合間に手元の箱から黄色っぽい軟質の細片をつまんで香炉に投げ込む。牛酪の燃える香ばしい匂いがパッと広がって、檀家の人々が陶然と体を揺らす。

「なんだ、法会《ほうえ》か？　初観音か？」

「それは浅草寺のほうだ。いやそんなことはどうでもいい。多分この寺には——あれだ！」

雷王が指さしたのは、本堂の奥にかけられた豪奢な女物の振袖だった。

「がんすけ、あれを奪うぞ！」

「なに？　無茶言うな、どうして――」

止める間もなく雷王は突っこんでいき、右に左に人々を押しのけて振袖を奪おうとしたが、体格のいい僧たちに寄ってたかって取り押さえられ、動けなくなった。

「くそっ！」

そのとき――人々の隙間を縫ってするすると近づいた細身の影が、さっと振袖をひったくった。あれよあれよと皆が見守る前で柱によじ登り、香炉を見下ろす位置につく。

「吉水忠直さま、そこにおいでですか！」

知らぬふりをできる場合でもない。泥だらけ、埃まみれのなりで、やむを得ず岩之助は前に出る。

「ここだ。あきらめろ、女。ここへ来る間に番所へ知らせた。間もなく与力同心岡っ引き、百ではきかぬ数が押し寄せるぞ」

「関係ありません。この手を放せば私の敵討ちは成るのですから」

女は恍惚とした顔で言う。

「この振袖が江戸を燃やします。神田、浅草から日本橋、深川、佃島にいたるまで――」

「やめろ！」

「そして歴史は元に戻るのです」

振袖を突き出したその手が、今にも開かれようとしたとき。

「羅鱶！　おまえは本当に羅鱶か!?」

雷王の叫びが空気を貫いた。読経が止まり、あたりが静まり返る中、女が振り向く。

「え……？」

「可愛がってくれた主君が滅ぼされてしまったから、代わりにそれを命じた者を討つ。それだけならば五分五分だ。だが江戸まで全部燃やしてしまったら、五分どころか千分、万分の勝ち過ぎってものだろう。そんな考えにどうしてなった？　いつからそうするつもりだった？　本当にそれがしたいことか!?」

雷王の声に合わせて、岩之助も叫ぶ。

「そうだ、落ち着け！　おれが言うのもなんだが、そんなことをして泉下の大納言様が喜ぶと思うか！」

岩之助としては、これで羅鱶の心情に訴えたつもりだったのだが、あいにくこれは逆効果だった。

羅鱶が、まさにサメのようにカッと大きく口を開いて、「どこの誰とも知らぬおまえごときが、あの方のお心をはかるな！」と叫んだ。

同時にパッと手が放された。踊る娘のように、ちょうど立ったままくるくると回って落ちた振袖が香炉にかかり――

あっという間にメラメラと燃え、炎と一体になって外の空中へ舞い上がった！

「アハハハ、やった、やった！　燃えろ江戸、燃えろ家綱、家光、徳川と幕府の犬どもめ！」

何かに取り憑かれたように笑う羅觽の頭上で、燃える振袖は、まるで意志を持つ炎の蝶のように舞い上がってはくるりと降りることを繰り返していたが――ごうっとひときわ強い風が吹いたときに高く昇り、すっぽりと尖塔の先に覆いかぶさった。

それは本妙寺の鐘楼だ。石造りで高さは五丈、歯車仕掛けの機巧《からくり》土圭《とけい》を収められて、一刻ごとに時鐘を鳴らす。

まさに今、その鐘が重々しく鳴り出した。八ツ――未《ひつじ》の刻（午後二時）だ。

雷王とともに石切丁場を回った岩之助の目は、こんなときだというのに鐘楼の材質を見抜いていた。あの細かな黒い粒が散った灰色の岩は、軽質凝灰岩、藪塚石だ。水に弱い藪塚石を鐘楼に使うなんて、とんだ素人普請だが、今に限って話は別だ。

藪塚石は――火に強い。

高みで風に当たった振袖は明るく輝いてひと息に燃え尽き、炭の切れ端となって落ちてきた。見上げていた檀家の人々が、一斉にそれを踏んで揉み消した。

「燃え……ろ……？」

消え失せた炎を、羅鱶は呆然と見つめていた。雷王がその柱の下に歩み寄った。

「燃えない。この江戸は石の都だ。もう火事と喧嘩の都じゃないんだ」

それを聞いたとたん、羅鱶がさっと雷王をにらんだ。

「貴様、まさか！」

「まさかはこっちの台詞《せりふ》だよ。こんなところで〝レブ〟と出くわすなんてな——おっと」

飛びかかってきた羅鱶を、巨体の石工は巧みに下がって避けた。

「うわっ！」

代わりに近づいていた岩之助は、羅鱶の手刀を首にもろに受ける。

バチッと火花の散る音がして、意識が途絶えた。

五

「石の国」

と、枕元に正座した雷王が言う。

「伊奈石、七沢石、真鶴小松石に大谷石。お船で遠国から取り寄せる熱海石、天光石、篠島石に房州石。日の本の国ではたくさんの石が使われる。石の高楼が積み上げられ、石の橋と石の堰が築かれる……なぜだと思う?」

声はくぐもり、がらがらという音にかき消される。板の床がむやみと揺れ、寝ている頭をごんごんと板で叩かれる。頭も足も痛くて、ひどい気持ちだ。奇妙なほど暗い。夜だろうか?

「おれがそうした。おれが、国の根の地下深く――プレートの摺動面に干渉して、地揺りをなくしたからだ」

これは夢だな、と岩之助はぼんやり思う。真夜中、枕元の雷王がわけのわからない話をしながら頭を叩く。夢に決まっている。

「フィリピン海プレートとユーラシアプレートの収束境界面におけるμ《ミュー》を下げて、地熱を抑制した。道具としては、グラファイトを大量に産生するアーキアを海溝底の広い範囲に埋植した。グラファイトというのは炭と同じ炭素だが、優秀な耐熱性の固体潤滑剤でもある。これを長い時間かけて増殖させた結果、列島深部でのマグマの発生量を劇的に低下させることに成功した。手のひらをこすり合わせると熱くなるだろ? でも油を塗っちまえばぬるぬるして熱くならない。平たく言えばそういうことをしたわけだな。――まあ、寝てるあんたに平たく言ってもしょうがないが……」

ごとごと、がたんと板の上で撥ね上げられる。唐突に車だと気付く。そうか、ここは板の間じゃない。運ばれているのだ。

でも、どこへ。あの檜皮色の髪の女は？

「地揺すりをな。――なくしたかったんだ。地揺すりではひどいことになる。それが起こると……なあ、とてもひどいことになるんだ。とうてい言葉では言えねえが、何万何十万という人が苦しんだ。おれの……いや、とにかくそれでおれは旅に出た」

湊をすすり上げる音がして、しばらく沈黙が続いてから、また声が快活になった。

「いろいろ省いてざっくり言うと、おれははるか昔の日本に手を加えてから、長いあいだ待つ方法を選んだ。南北三千キロの弧状列島を直接造り変えるよりも、そのほうが楽だったからな。それにこのやり方だと、日本が変わっていくのをゆっくり見物できた。おれはそうすることにして、揺れなくなったこの国にまぎれ込んで、見覚えのある木造の五重塔や、檜皮葺の屋敷や、小舟をつないだ橋や、白壁の土蔵や天守閣の代わりに、マサダ要塞めいた岩城だとか、サクソン建築風の代官陣屋だとか、スカリジェロ橋めいた利根川石橋だとか、ビザンチンっぽい巨大城壁だとかができていくのを眺めていたんだ。……驚きの連続だったよ。そんなものが日本にできていくなんて思ってもいなかったからな。地震がないだけでここまで変わるのか。楽しい見ものだった……しかし、いいことばかりでもなかった」

　がらがらと車輪が鳴るせいで、とびとびにしか聞き取れないが、雷王も聞かせるつもりではないのだろう。これはきっと、孤独な道行きでの独り言だ。

「石橋ができれば軍勢が大河を渡れる。軍勢が横行するなら防備も厚くなる。……家も城も燃えなくなったのと引き換えに、どの国も堅固な城塞都市を作るようになっちまった。おかげで素早い野戦や機動戦は生まれようもなく、その究極形である天下布武なんてことも夢のまた夢になっちまったね。——がんすけ知ってるか、もともとの歴史では関ヶ原の戦いというのが行われて、家康様が日本を統一したんだぜ。今のようなただの東国総守護というだけでなく、な。

　もっともあんたたちにとっては、徳川家が日本の半分を支配する今の状態が、本当の歴史ってことになる。おれはそれをどうこういうつもりはない……だけどやっぱり、もともとの、正しい歴史でないと我慢できないというやつがいてなあ。おれは〝レブ〟って呼んでるんだけど、元の世界からやってきて、改変された出来事を少しでも元に戻そうとする。

　それが、あの羅鱶って娘をそそのかしたやつらだ」

——羅鱶は？

岩之助は思わず尋ねようとする。が、声が出ない。息はできるのに喉の奥の声帯だけが麻痺している。ひどく奇妙な状態だ。

「なんでこんなことが言えるかといったら、あの妙な電撃とか軽業だな。あれはこの時代のものじゃない……おれのような旅人の持ち物だ。しかし旅人なら目立たず時代に溶けこもうとするのが常だから――石切丁場に住み着いたり、御曹司を助けて通行の自由を得たりね――江戸滅亡みたいな図抜けた悪事を目指したあの子は、やっぱり〝レブ〟、歴史修正者《リヴィジョナー》に使われていたんだと思う。駿河の三保の者だっけな。三保と言えば……そう、慶長九年の大地震がなかった場所だから、それによって死ななかった人々がいて……徳川忠長さまにも影響を与えたということだろうなあ。うむ、いろんなことがある……がんすけ、なぜ〝レブ〟が今日、毒を入れたかという話をしたじゃないか。あれだがね」

雷王が言う、その「れぶ」というものがなんなのか、岩之助にはわからない。彼の話そのものが、言葉も流れも汲み取れない。岩之助にとって彼は、何かにつけて皮肉を言うし、素性の知れないところはあるが、道理をわきまえて機転と徳を兼ね備えた、頼れる友人のはずだった。そんな彼から出てくるはずがない、出ても受け入れられない、これは頓狂な話だった。

だから、おかしな夢だと思うしかなかったのだが――。

「きっと、江戸が燃えた日だからだよ」

ふと、また背筋をぞわりと寒気が走った。見たことはなく、聞いたこともないはずの光景が闇の中におぼろげに浮かぶ。強風に吹かれて軒から軒へと炎が走り、見渡す限りの家々が燃え上がる中で、悲鳴を上げて逃げまどいながら折り重なって倒れる人々の姿が――。

……さても明暦三年正月十八日辰の刻ばかりのことなるに、乾の方より風吹出し、しきりに大風となり塵芥を中天に吹き上げて……俄かに火燃え出て黒煙天をかすめ、寺中一同に焼あがる。折ふし魔風十方に吹廻し、即時に湯島へ焼出たり……黒煙天を焦がし炎は雲を焼き、棟木瓦の崩れ落る音夥しともいふばかりなし。

「連中の言いそうなことは見当がつく。大火事のおかげで江戸の防災体制が見直され、道が広がり火消しが整えられた。それだけでなく宵越しの金を持たない気風《きっぷ》の良さや立ち直りの早さが育まれて、のちの繁栄につながっていったのだ、って。それは確かにそうなのかもしれない……あるいはそれは、血も涙もない原理主義なのかもしれない。どちらがいいのか、おれにはわからない。だから、何をするにしろいちいち言い訳はしない。……ただ、どうしようもなく体が動いちまうときがあるってだけでな」

ふと車が止まった。さらさらと音が聞こえる。見えなくてもわかる、これは白堀水路を水が流れる音だ。

雷王がはっきりした声で言った。こちらを振り向いたのだ。

「がんすけ、いやさ、吉水忠直さま。この時代であんたにお仕えできてよかったよ」

§

「……などと言うから、このままいなくなるんじゃないかと思ったぞ、あのときは」

丘の上で握り飯を頬張りながら、忠直は思い出話をする。しばらくして返事がないので隣を見ると、顔の丸い大男が、目まで丸くしてこっちを見ていた。

「なんだその顔」

「いや、『このままいなくなるんじゃないかと思った』って、愛の告白でよくある文句でないかね？　忠直さま」

「ぶほぁ」

呑みこもうとしていた飯を、忠直は盛大に吹く。

「やめてくれ……年頃の女ならともかく」

「あっはっは、それはすまんかった。たとえばあの羅籏のような、か」

「それもやめてくれ」

まだしも苦笑、だった表情を、忠直はさらにしかめた。

過ぐる明暦三年一月十七日から十八日、駿州三保村の庄屋松兵衛《まつべえ》と手代佐吉《さきち》、佐吉の娘羅籏の三人が玉川上水に毒を投じ、また大廓大門新宿をひそかに破って、本郷丸山に火を放たんとしたあの事件は、江戸の上下を震撼させた。企みは北町奉行石谷《いしがい》左近将監貞清《さだきよ》の慧眼によってすんでのところで阻まれ、また、連動して起こった武州小仏・片倉関での騒乱も、羽村から出向いた関東代官伊奈忠克のはたらきで鎮圧されたが、一部始終をつかんだ伊奈から報告を受けた幕閣においては、深刻な動揺があった。

蟄居自刃を命じたとはいえ、それなりに穏やかに壮年まで暮らしたはずの駿河大納言忠長の周りにも、死を厭《いと》わず決起するあのような遺臣がいた。であれば、さらなる遠国にはいかような脅威があろうか。

石の大廓の奥に住まわって太平の逸楽をむさぼる江戸幕府の人々が、外界のことを知りたいと望んだとき——吉水忠直に遠国偵察の役目が下された。松兵衛らを実際に捕らえた陰の主役であり、しかも直参旗本の長子でありながらその世継ぎでない忠直は、このような任にふさわしいと見なされたのだった。

「あの女は思い詰めてあんなことをしたが、忠義からやったことだった。きっと根は善人だったろう。茶化すもんじゃない」

「そういうことにしときましょうかね」

わけ知り顔の雷王が、竹筒の水を差し出す。少し彼をにらんでから、受け取って忠直はぐびりと呑んだ。

彼が本当は何者で、あの夜に何を言っていたのかは、いまだにはっきりわからない。

ただ、誤解で忠直が捕縛されることのないように、長櫃に隠して車を引いて、十数里の道を歩いて帰った雷王の忠義は、本物だろうと思うだけだ。

「……すかりじぇろきょうって、一体なんだ」

「ん？」

大男はとぼけ顔で目をくるくる回す。忠直はため息をついて路傍の石から立ち上がる。

「まあいい、行くぞ。もたもたしてると日が傾く」

「あいよ」

歩き出した二人の前に、狭い谷を横切る石造りの巨壁がそびえる。

石《せき》ヶ原大門《はらだいもん》――美近国境《みのおうみくにざかい》、日本の西と東を隔てる最重要の関所だ。徳川幕府の威光が及ぶ地の西端であり、ここから先は日本でありながら外国ということになる。

――きっと、おれの知らないものがあるに違いない。

「しかしばかでかい大門ですな、奇観も極まる。美智丸さまも来られたらよかったのに」

「忠常《ただつね》さまといえ。跡継ぎに来てもらうわけにはいかんだろうが」

「おっと失礼」

「あいつの代わりに、よく見てこよう」

日は西に傾き、街道は大門の影に入る。

門を潜れば、また日が照るはずである。

「二〇〇一周目のジャンヌ」

伴名練

……フランス第六共和政の樹立後間もなく進められた国家主義克服政策のうちで、最も象徴的といえたのがジャンヌ・ダルクの「再検討」であった。

第五共和政を崩壊に導いたフランス祖国再生党初代党首ジャンヌ・フルニエは、大統領選において、当時の極右政治家の例に漏《も》れず、「フランスの偉大な歴史」を強調し、偉人たちの業績を称揚《しょうよう》したが、特に好んでイメージ戦略に利用したのが、自身と同じ名前を持つ中世の英雄、ジャンヌ・ダルクだった。

ハーケンクロイツが元々エアハルト旅団やゲオルゲ派のシンボルであったとしても、ナチスに利用された以上は恒久的に使用を忌避《きひ》されるべきものと認識されているように、ジャンヌ・ダルクもまた、フルニエと祖国再生党の排外主義に利用された以上、歴史・文化教育において旧来的な評価の見直しを免《まぬか》れない——というのが第六共和政を担《にな》った正義党フランスの公式見解であった。

思想家・文筆家・社会改良運動家の業績を重視する正義主義歴史学においては、旧来の軍事史に名を残したような人物は、独裁政権に対するレジスタンスや奴隷制度に反旗を翻《ひるがえ》した被差別階級出身者などの一部例外を除いて、その業績を歴史教科書の脚注に追いやるのが常であったが、しかし、長年にわたってフランスの国民国家思想と結びついてきたジャンヌ・ダルクの業績を否定するのは、それがフルニエ政権崩壊後ですら、一般国民の反発が予測された。

そこで、正義党フランスの顧問哲学者アンリ・ヴィラールによって提案されたのが、リンカーンやロンメルを裁いた正義主義歴史学の伝家の宝刀、加速宇宙連続試行型シミュレーションによる「再検討」で、ジャンヌを審判にかけることであった。

スティーブン・テラー『蓋然性の歴史学』第七巻『正義と炎の時代』

■

奇蹟が起きた瞬間、乙女《ラ・ピュセル》がまず感じたのは、肌を撫《な》でる風の流れだった。

一四三一年五月三十日、ヴィユー＝マルシェ広場の一角、木組みを漆喰《しっくい》で固めた台の上、縛りつけられた杭の下。神の名を呼ぶ喉《のど》は嗄《か》れるより先に煙で潰され、胸元に挟み込まれ肌に確かな感触を与えていた小枝の十字架は燃えつき、既に煙の臭気と全身を灼《や》く炎の熱さと肺腑《はいふ》を絞る息苦しさと死の恐怖との区別もなく、ただ苦しみだけが感覚全てを塗りつぶし、激痛の底なき暗黒に沈んだまま、最早声に出すことも叶わぬ主への祈りだけが薄れゆく意識の中を何度も木霊《こだま》し、その残響も遂に絶えようとしていたその時、風が吹いたのだ。

あの「声」こそ聞こえなかったものの、幼い頃、庭で教会の方から流れてくる「声」を聞いた時と同じ、くすぐるようなひやりとした風だった。

そして永遠に続くかに思われた痛苦がふと緩《ゆる》んだように感じて——そのまま雲散霧消《うんさんむしょう》していることに気づく。

光の眩しさ。火炎に焦がされ闇に閉ざされていた瞼《まぶた》が、うっすらとした光を浴びるのを感じて、躊躇《ためら》いがちにそっと目を開いた。

変わっていた。

そこは既に、好奇に満ちた群衆のごった返す広場ではなかった。

けれどもそこが、火刑になる前に予期し、業火《ごうか》に命を奪われる中でも頼りとした天の国ではないことも容易に知れた。なぜなら視界に映るものが、見覚えのある光景だったからである。今朝目覚めた時に見上げたのと同じ、遥かな高さの灰色の天井。身を起こせば、両腕を広げることも困難なほどに狭く、今にもこちらを押しつぶして来そうな石壁に左右を挟まれている。身体をちくちくと刺す藁《わら》の寝床。肌寒さにひとつ身震いをする。ブーヴルイユ城の塔――彼女が朝、後にしてきたばかりの牢獄そのものであった。

咄嗟《とっさ》に手足へ目線を落としても、火傷《やけど》一つなかった。何もかも今朝と同じだった。

夢だったのだろうか。天井へ伸ばした手の、甲を見つめながら彼女は自問する。

火刑を目前に控えて弱った心が、眠りの中で見せた幻だったというのか。……あの、焼けつく炎の熱さも、煙の苦しみも、何もかも夢の中で感じた偽物に過ぎなかったというのだろうか。

そんなはずはない。

到底、信じられなかった。あの痛苦の生々しさが本物の体験でなければ、この世に確かなものなどありはしない。しかし、それならば、自分は焼け死んだ後に再び体を取り戻して目覚め、また牢獄に舞い戻ったというのか。

やがて、閂《かんぬき》が外される音が響き、軋《きし》む戸を開いて牢番が「時間だぞ、出ろ」と告げた。

反射的に立ち上がったジャンヌは、自分の立場も忘れて尋ねた。

「今日は何月何日でしょうか？」

「暢気《のんき》なものだな。それとも、自分が死ぬ日さえ覚えておけないほど頭が足りんのか。五月三十日だよ」

「先ほど処刑は終わったはずではないのですか」

「おかしなことを言う。どうやら胡散臭《うさんくさ》い『声』とやらと話をし過ぎたらしい。もうじき楽にしてやるからさっさと外へ出ろ」

立ち尽くしていたジャンヌは牢から無理やり引きずり出された。そこには記憶通り、牢番の後ろに聖職者として彼女を異端審問で断罪した司教ピエール・コーションとイングランド兵たちが顔を揃えており、彼女が「夢」だと思った体験とぴったり同じように、全ては粛々《しゅくしゅく》と進み始めた。ジャンヌは後ろ手に縛られ、城の敷地を抜け、好奇の目にさらされながら市が立つヴィユー＝マルシェ広場へ引かれていく。彼女の姿を見た行商人が無言のまま頭《こうべ》を垂れたのも、一団を見咎《みとが》めた老婆が慌てて道を退《ど》いた拍子に手許の杏《あんず》を落としてしまうのも、道行く子供たちが勘違いをして「お祭りだ！」と騒ぎ立てたのも、記憶と寸分違《たが》わなかった。

イングランド兵の手によって火刑台にのぼらされる時、ジャンヌは暴れ、激しく抵抗した。それは、傲然《ごうぜん》と背筋を伸ばして挑んだ、一度目の処刑とは全く逆の見苦しい態度だった。彼女は一度経験してしまった火刑の苦しみに怯《ひる》んだのではなく、与えられた奇蹟に対して自身が何も成し得ていないことに気づいたのだった。むろん彼女の胸中など知られるはずもなく、集った観衆から罵声《ばせい》や野次が飛んだ。彼女は兵士に十字架を乞うことも忘れていた。ルーアンの聖職者がコリント書を引用して説教をし、桟敷席《さじきせき》のコーション司教が判決文を再度読み上げた直後、ジャンヌはいてもたってもいられなくなった。

「聞きなさい」

杭にくくりつけられて手足を動かせぬまま、彼女は叫んだ。

「私は一度炎で焼かれたのち、復活しました。我らが救い主と同じ、蘇《よみがえ》りの奇蹟を授かったのです」

とうとう発した叫びに、聖職者や兵士や群衆は確信する。やはりこの女は神の遣《つか》いなどではなく、悪魔に憑《つ》かれていたのだと。しかし、怯えを見せた者は少なかった。今からその恐るべき邪悪は塵《ちり》に返るのだ。ジャンヌの発言は、彼らに、この裁きは正当な行いなのだ、神に背《そむ》いた者を断罪する聖なる審判なのだという確信を深めさせただけだった。

「悪魔の手先だ！　殺せ！」

一人の男がそう叫ぶと、あちらこちらで賛意の声が上がり、やがて熱狂が広場を包んだ。いわゆる「魔女狩り」の熱が欧州で最高潮に達するのはこれより百五十年以上先のことになるが、悪魔の力を借りた女を呪い、囃《はや》し立てるいくつもの叫びは、その狂乱を先取りしたようでもあり、一度目の火刑では生まれなかった無数の面罵をぶつけられながら、乙女は尊厳さえ与えられず火刑の苦悶《くもん》に灼かれた。

二周目のジャンヌは、一周目の彼女が得た殉教者《じゅんきょうしゃ》の栄誉を得ることもなく、呪詛《じゅそ》と嘲笑とに包まれて力尽きた。

そして再び風が吹き、ジャンヌは目覚め、三周目を迎えた。

■

正義主義歴史学の隆盛は、工業ワームホール技術の完成及び量子コンピュータの発展と不可分である。

ワームホールを通じた光の計測によって過去の高精度な「観測」が可能となり、表面的な史実が統一し得るという認識が広がったことが、歴史学を変えた。どれだけ遺跡を掘り進め史料を積み重ねても確定しえなかった歴史のある一瞬は、ワームホールを越えた光の観測のみで完璧に裏付けられる。頑迷《がんめい》な陰謀論者を除いて、映像として実証された過去に反論する者は存在しなかった。

無論、ワームホール製造に成功したのは主要先進国の一部研究所のみであり、その稼働時間のほとんどは国家間の歴史論争に利用するため政府に占有されていたし、残された僅《わず》かな使用枠も、民間人らが――さながら巨大な天体望遠鏡やスーパーコンピュータの使用枠を取り合うように――利用申請書提出を繰り返している状態では、あらゆる時代のあらゆる史実を細部まで確定させることは現実的には不可能だった。

けれども「物理的には」歴史が一つに定まるという認識は、歴史学の方向を決定的に変えてしまった。

その最たるものが、ワームホールを通じた過去観測が可能になっても、絶対に観測し得ないもの――即《すなわ》ち、歴史人物の心理についての、関心の高まりである。過去の偉人の一挙手一投足が白日の下に晒《さら》された時、最後に残る余地は「なぜ、彼／彼女はその行動を選んだか」―「彼／彼女の本心はどうだったか」だけである。綱紀粛正《こうきしゅくせい》を叫んで虐殺を引き起こした貴族の行動が、宗教的潔癖によるものか、恐怖心によるものか、正義感によるものか、狂気によるものかを、映像のみで百パーセント断定することは叶わない。そういった、永久に証明し得ない内面に各々の解釈を加えていくことが、時間のベールを剝がされた歴史学に、永続性を担保するよりどころとなっていった。歴史修正主義者は、信奉する人物の行動すべての裏に善意を読み取ろうとしたし、正義主義歴史学者は、標的とする人物の行動すべての裏に悪意を見出そうとした。ある意味でそれは、異端審問に非常に良く似ていた。

■

瞬《まばた》きをして、世界が変わった。灰色の見慣れた天井、そして冷たい石壁。肌を舐めつくす火炎の舌は去っていたが、不当な憎悪と嘲笑を浴びせられた時から頭の中がぐるぐると熱を帯びたままで、その熱さに身じろぎもできなかった。だが、石の床面から伝わる冷気によってゆっくりと平静を取り戻していき、精神的な打撃からなんとか脱した時、ジャンヌは確信を持ち始めた。

夢であるはずがないと。

もしも彼女が単なる富農の子、ドンレミの村娘のままであったら、自身に起きたことを現実であると理解するまでにもう何周か必要としただろう。しかし彼女は「声」を聞いた人間、神の使徒であり、今のフランスにおいて、神の実在と御業《みわざ》を最も深く確信している者だとさえ言えた。

これは神の与えた加護なのだ。シャルル七世を支えフランス全土を奪還するため遣わされた自分に、最後まで使命を果たすべく与えられた奇蹟。

つい先ほど、二度目の死、悲惨で痛苦に満ちた救い無き死を遂げたばかりの身でありながら、疑いようのない恩寵《おんちょう》に震え、主への感謝の言葉を呟く。そうして彼女は呼吸を整えると体を起こし、牢番の呼びかけを待った。

「時間だぞ、出ろ」

牢番が牢の閂を外し、戸を開いた時、立ち上がったジャンヌはよろけたように装ってしゃがみ込む。

「おい、しっかりしろ」

呆れたようにため息をつきながら近寄ってくる牢番のその顎に、ジャンヌは立ち上がりざま頭突きを食らわせた。

後世、欧州の外へ流布《るふ》されるイメージと違い、ジャンヌは武勇に優れた人間ではなかった。軍旗を掲げ突撃を叫ぶと、神の加護を信じた兵士たちが、怯まず迷わず一斉に突撃する。兵士一人一人の士気がまだ戦場の趨勢《すうせい》を左右し得たこの時代、それを束ねる無鉄砲な狂信は脅威だった。しかしそれゆえにジャンヌは、幾多の戦場をくぐり抜けて来たにもかかわらず、剣術に秀でている訳でもなければ体術に優れている訳でもなかった。ボールヴォワール城に捕らわれた際、塔の高みから二度も飛び降り脱出を試みた過去から分かるように、身軽は身軽なのだが、そのたび逃走に失敗し改めて捕らえられており、別段、逃げ足が早いという訳でもなかった。

たちまちのうちに、イングランド兵に組み伏せられて、彼女の頬は石の冷たさを味わい、口は血の味に濡《ぬ》れた。牢番一人をいかに怯ませられても、その後ろに控えていた血気に逸《はや》るイングランド兵たちを前に——十九歳の乙女は非力だった。出入り口に何人も固まっているのだから、がむしゃらに突破するのも不可能である。

彼女がその場で惨殺されずに済んだのは、聖職者たちがあくまで異端者の公開処刑という形式にこだわったからに他ならない。

先の二度よりもきつく手を縛られると、彼女は無言のままに首を垂れ、悄然として刑場にひかれるままになったが、広場につくまでジャンヌへの警戒を緩める者は皆無だった。

火刑台に立ち杭に縛り付けられた時、ジャンヌはようやく口を開いた。

「どなたか私に十字架をお与え下さい」

この願いは、奇蹟の起きる前、最初の火刑時にもジャンヌが求めたものだった。あの時と同じイングランド兵が、彼女の足元に積まれた薪から二本の小枝を選び出し、十字に組んで彼女の服の胸元に差す。

「貴方の慈悲に感謝します。叶うなら、お名前をお聞かせ下さい」

これは、一度目の火刑の時には発しなかった言葉である。

兵士は一瞬躊躇《ちゅうちょ》したようだったが、

「オリヴァー」

聞こえるか聞こえないかほどの微《かす》かな声でそう告げた。

ジャンヌはそれを聞き逃さなかった。

「オリヴァー、貴方に主の加護がありますように、貴方がピラトの苦しみを受けることがなきように」

乙女から下された言葉に、若き兵士は戸惑っていた。自身の火刑に臨むに当たり、処刑人側を哀れみ、慈悲を与えようとする、そんな異端者が存在し得るだろうか。仮に単なるぺてん師だとして、死を目前に控えてこれほど穏やかで凪《な》いだ表情を保つことができるだろうか。

そんな兵士の胸中をジャンヌは知る由《よし》もなかった。ジャンヌが兵士に名を聞いたのは、何の裏もなく、彼女を哀れんだ者に神の赦《ゆる》しを与えようとしたためであり、そんなことに思い至れたのも、落ち着いた表情だったのも、彼女が確信していたからである。使命を果たすまでもはやその身は滅びず、永遠に蘇り続けるのだと。

炎と煙にその身を包まれ視界を奪われる直前まで、彼女は杭に縛られたまま身じろぎもせず、ルーアンの人びと、その一人一人の目を見ていた。

■

歴史人物の心理への関心と、欧米をはじめとする先進国での正義主義の高まり、そして量子コンピュータの技術革新の合流によって生まれたのが、加速宇宙連続試行型シミュレーションを利用した、歴史人物の内面調査である。

史実において革命の志半ばで暗殺された軍人は、後世にその人格を讃《たた》えられてはいるが、もし生き長らえていれば全権を握ったのち悪政を敷くような単なる野心家だったのではないか？　史実においてマイノリティ差別反対を説いた政治家は、大戦への国家総動員体制のために少数派の権利保護を唱えただけかもしれず、戦争が回避されていれば人種差別的な法律を墨守《ぼくしゅ》したのではないか？

そういった、過去の人々の内面を検証するのに、量子コンピュータを用いて歴史のｉｆをシミュレートしようとしたのが正義主義歴史学者たちであった。

歴史人物の残した高潔という評判は、彼ないし彼女の人格が高潔であったことを証明しない。あくまで「我々の歴史の中では」ボロを出さなかったということに過ぎず、「我々の生きる歴史が偶然にも当該人物がそつのない選択をしたルートであった」事実しか示さない。加速宇宙連続試行型シミュレーションによって、当該人物の人生について、時に外部条件を変えながら試行回数を増やせば自《おの》ずと彼ないし彼女の本質が見える。それが正義主義歴史学者たちの主張する、歴史の「再検討」と称するものである。

再検討の洗礼を受けたのは、主に彼らが目の敵とした者、国家統合の象徴として右派に称揚される歴史人物たちであり、ジャンヌ・ダルクもその一人であった。

フランス祖国再生党の流れを汲む「救国会議」が後に指弾した通りに表現すれば――救国の乙女ジャンヌ・ダルクは、死後七世紀以上経って、またしてもフランスの敵によって魔女裁判にかけられたのである。

テラー『正義と炎の時代』

■

永遠に続くがごとき灼熱の苦痛と苦悶を乗り越え、業火の中で閉じられた瞼が開かれる時――すなわち、三度目の復活を遂げた時、彼女は石の天井が視界に入るなり、口元に薄い微笑を浮かべさえしていた。すぐに起き上がると、胴衣《コルセ》の紐を外して、己の首のまわりにめぐらせて痕《あと》がつくほど絞め付けてから、少しだけ余裕をもたせて首輪のようにした。

両端は手の中に包み込んだ。

「時間だぞ、出ろ」

外からお定まりの牢番の声が聞こえても、今度は横たわったまま、息を殺してじっとしていた。

「どうした、早く出ろ！」

痺《しび》れを切らして牢番が踏み込んでくる、その苛立った気配が、不意に狼狽《ろうばい》に変わるのを感じた。

「おい、首を括《くく》ってるぞ！」

牢番が叫んだ。それに続いて複数の足音が、狭い牢内に入り込んでくる。

「こいつは自殺しないはずだっただろう」

そんな、兵士の言葉は動揺に満ちている。神を信ずる者にとって自殺は禁忌《きんき》である。異端審問において、塔からの飛び降りは逃走ではなく自殺を目論《もくろ》んだ上での行為だったのではないか、と追及されても、ジャンヌは頑として否定し続けた。そんな彼女が自死を選ぶはずはない——そう、男たちは高を括《くく》っていたからこそ、予想外の事態に慌てていた。

「まだ息がある。気を失っているだけかもしれん」

「水を運んで来る。お前は医者だ。半死人でも処刑までもたせるんだ」

そして幾つかの足音が去っていくのを聞き届けると、屈んで顔を覗き込んでいたコーションの司教の顔面に、思い切り振りかぶった拳《こぶし》を食らわせた。声にならない声を上げて、鼻を押さえた司教がうずくまる。すぐにジャンヌは身を起こすと、牢から飛び出した。しかし、見張りのために残っていたらしき兵士二人と鉢合わせし、あっというまに腕を摑まれ、ねじ伏せられた。

処刑場へは、これまでで最も大袈裟《おおげさ》な警戒態勢で、十人以上の兵士たちに、二重に囲まれて連行されることになった。彼女は自分から視線が外れる瞬間を狙いすまして手縄を緩めようとしたが、すぐに見つかって、更に拘束をきつくされただけだった。

代わり映えのしない説教と、語気の強まった判決文の朗読を聞かされている間、彼女はあの牢から逃れる術《すべ》だけを考えていた。そうすることが、必ず訪れる業火の苦しみから一時、心を遠ざける役割も果たしてくれた。

そして、またしても兵士の一人に十字架を求め、やはりあの兵士が役を担った。

十字架を与えられた時、ジャンヌは兵士にそっと言葉をかけた。

「オリヴァー、貴方の慈悲に感謝します。主の加護がありますように、ピラトの苦しみを受けることがなきように」

イングランド兵は硬直した。今まさに異端として処刑されようとしている少女が、こちらに慈悲の言葉をかけただけでなく、名乗ったはずのない名前を言い当てたのだ。誰かがこちらの名を呼ぶのを彼女に聞かれたようには思えなかった。自分が進んで彼女に十字架を与えるまで、彼女にとってこちらは大勢の兵士の一人に過ぎなかったのだから。だとすれば、この少女は、やはり奇蹟を起こせる者、選ばれた人間なのか。

もしもここが衆人環視の広場ではなくレゼサールの森の中であれば、オリヴァーは彼女を見逃しさえしたかもしれない。しかし、彼にはどうすることもできなかった。

「どうか許してくれ。今、貴女《あなた》のために私ができることは何もない。何も力を貸してやれない」

初めから打算も何の目論見もなかったジャンヌは、兵士から返ってきた許しを請《こ》うような言葉に戸惑ったが、すぐに自身が神に仕える身であることを思い出した。

「祈りましょう。貴方の罪が許されますように」

神秘の乙女から柔らかな言葉を授かり、しばし瞑目《めいもく》したオリヴァーに対して、初老の兵士が背後から声をかけた。

「おい、どうした」

オリヴァーが答える前に、ジャンヌが応じた。

「叶うなら貴方のためにも、私は祈りたい。どうか貴方も、お名前をお聞かせください」

初老の兵士は、眉を顰《ひそ》めた。名前を答えることなどせず、

「気味の悪い女だ」

とだけ呟いて、オリヴァーの背中を叩いて我に返らせた。

僅かな予定外が生じたものの、改めて始められた火刑は滞《とどこお》りなく進んだ。

ただ初老の兵士は、オリヴァーが動揺したままであることも気になっていたし、最後に女がこちらに投げかけた奇妙な台詞《せりふ》が、心の中に引っかかり続けていた。

「次は貴方のお名前も聞いてみせます」

■

量子コンピュータによってシミュレートされた彼ら彼女らは、もちろん過去の時代に生きた当人ではない。ワームホールを通じた観測を基礎データに、本人がもしこういう状況に置かれていればこういう行動を取っただろう、という演算のもと作成された模造人格、ダミーに過ぎない。

ゆえにこそ、歴史人物の模造人格が、量子コンピュータの演算内で、史実に無いどんな蛮行《ばんこう》を働いたとしても、当人の名誉には関わらないはずであるし、理性ある人々はそれを

理解していた。

しかしながら——黒人奴隷の反乱に対して、武力鎮圧の必要性を強く訴えるリンカーンの映像であるとか、ナチスの高官として、民族浄化の指令書に押印するロンメルの映像といったものは、それが史実の当人でなくとも視覚的に絶大なインパクトを持っており、一般人の中で共有されてきた歴史人物のもつイメージ、権威を失墜《しっつい》させるには十分だった。

模造人格のそれら非難されるべき行動は、たとえ、量子コンピュータにおいて、数千数万回の試行を経てただ一度だけ記録された結果だったとしても、正義主義歴史学者にとって不都合は無かった。なぜなら、歴史人物の「本性を暴《あば》く」ために何度のシミュレーションが行われたか公的に発表する義務はないし、ひとの一生をシミュレートするのに、量子コンピュータは百分の一秒もかからなかったからである。百回シミュレートしてボロを出さなければ二百回シミュレートすればいいいし、それで足りなければ千回、一万回と繰り返せばいい。いずれは都合の良い映像が得られる。

正義党フランス顧問哲学者としてジャンヌの「再検討」を主導したヴィラールが、ジャンヌのどういった映像を求めていたかは、非常に単純明快である。ジャンヌの神秘性は、彼女の軍功が、敬虔《けいけん》なキリスト教徒としての信仰に突き動かされて得たものだったことに拠《よ》っている。ゆえに、ジャンヌが信仰を失い、口汚く神への呪詛の言葉を吐く場面こそが、彼らの求めるものだった。

そのためにヴィラールが立てた方針もまた、単純明快だった。

神を呪うようになるまで、記憶を保たせたまま焼き殺し続ければいいのである。

テラー『正義と炎の時代』

■

「時間だぞ、出ろ」

それは一六一一回目の呼びかけだった。

牢番の言葉に応じて、ジャンヌは音もなく静かに立ち上がった。

牢から出され、兵士から手縄をかけられる時も、抵抗のそぶりを一切見せずに手を差しだした。憑き物の落ちたような従順な態度、従容として死を受け入れようとする姿勢に、前日まで反抗心むき出しの彼女に手を煩《わずら》わされていた男たちは、顔を見合わせた。

およそ八〇〇周目を越えた段階で、ジャンヌは牢における脱走の試みを一切やめている。目覚めから焼死までの短い時間を繰り返すうちに、牢番やイングランド兵を殴り、蹴り、隙を突き、だまし討ちし、この場から逃げ延びる試行錯誤は全て徒労に終わることを実体験により確信していたからだ。既に、体感でいえば二百日程度の時間を経ている。

広場へ引き連れられていく道程でも、かつて何度も脱出を試みた。

周囲の目を盗んで手縄を解く試みは、幾度となく繰り返した。最初はすぐに見つかってしまっていたが、繰り返し試すうち、兵士たちの視線が逸《そ》れる度に少しずつ縄を緩め、縛《いまし》めから逃れる手業《てわざ》を身につけていた。しかし、それでも彼女を取り囲む兵士たちを突破し、町の外へ逃げおおせることは叶わなかった。通りすがりの農夫から鋤《すき》を奪って暴れた時には、司教を含めた複数人を昏倒させることに成功したが、押し寄せる兵士たちに対して多勢に無勢だった。何度同じことを試みても、非力な自分と武装した兵士の戦力差に阻（はば）まれた。司教を人質に取って逃走を試みたこともあったが、単に足手まといになっただけだった。十重二十重に囲まれてルーアンを脱出する術は無い。広場への道中でことを起こすのは、一〇〇〇周目になるかならないかの時点で放棄した。

ゆえに、説教と判決文の読み上げ、そして兵士が彼女に十字架を差しだした瞬間までは、その周回は、彼女が最初に焼き殺された時と、流れの変わるところはなかった。

彼女は兵士に礼を言った——周囲の人間たちに聞こえるように、声を張り上げた。

「オリヴァー、死にゆく私に十字架を与えて下さった貴方のために祈らせてください。病に倒れた妹の快癒を願い、三夜にわたって眠らず神に祈り続けた信心篤《あつ》き貴方に、そして貴方の妹の魂に、どうか神の祝福があらんことを」

こちらの名前すら知らないはずの女に、秘めたる過去を言い当てられ、衝撃に打たれたオリヴァーは反射的に、彼女の足元に跪《ひざまず》いた。刹那、場を包む空気が塗り替わるのを、多くの人が察した。人間の体温に満ちた弛緩《しかん》したものから、冷たく人知を超えた厳《おごそ》かなものへと。

オリヴァーの異変を認めてすぐ、初老の兵士がジャンヌを睨《にら》みつけたが、その視線を受け止めてジャンヌは続けた。

「ラルフ、貴方は流行病《はやりやまい》で故郷の村一つ滅びた冬にただ一人生き残り、それを神罰と信ずるべきか奇蹟と信ずるべきかで心を千々に引き裂かれ、苛《さいな》まれている。試練と慈悲とを一時に与えられて迷える貴方が道を誤らぬよう、どうか神のお導きがありますように」

今にも火刑にならんとする女に射抜くような目で見据《みす》えられ、名を呼ばれ、己の過去を言い当てられたラルフは、落雷に打たれたようにその場で立ち竦《すく》んだ。

「どうか祈らせてください。貴方がた、敬虔なる人々、神への忠節を欠かさぬ人々のために。ただ一度、処刑を見過ごしたばかりにピラトの苦しみを負うことが無いように、神の慈愛が与えられますように。マルセル、貴方は粉ひきを生業《なりわい》とし日々の糧をあがないながら、聖書を熱心に学んで、八人の子や、十一人の弟子たちを伴って足しげく教会へ通い、神への感謝を怠らなかった。その献身に神がお応え下さいますように。ルシア、貴女は産婆として千に及ぶ赤子を取り上げ多くの母を救け、死産にあってはその子のために柊《ひいらぎ》の枝を折って祈ることを忘れなかった。貴女と貴女に護《まも》られた子たちにどうか神の恩寵がありますように。ディディエ、貴方は牧人として老いた母のためによく働きながらも母に詰《なじ》られ、呪われ続けたことに塗炭《とたん》の苦しみを抱いている。貴方の孝行に神の報いがありますように、貴方の母の魂に神の憐れみがありますように。バスチアン、貴方は刑吏《けいり》として公正と正義に仕え、やがて己《おの》が弟を牢獄に繋ぐことになり……」

ジャンヌは過去の周回で手に入れた情報――そこにいる人間たちの名を、信心深い者から順に呼んだ。

広場にいた者で彼女に僅かなりとも憐憫《れんびん》の情を抱いていた人間は、繰り返す時の中で彼女に声を掛けられた時、それに応じてしまい、求められるままに名前を明かした。そして、次なる周回では、初対面であるはずの彼女から名前で呼びかけられて、驚きのうちに、己《おのれ》の罪を打ち明けてしまったのである。それが、次に彼女が蘇った時の手札にされるとも知らず。

一人、また一人と、名前が呼ばれるうちに、ざわめきが次第に大きくなる。ルーアンの町の人々は、名前を呼ばれている人間たちが、普段から特に信心深く、熱心に教会に向かう者であることを知っていたからだ。それを名指しで呼び当て、彼らのために神の慈悲を祈る者が、果たして神の遣い以外の何者であろうか。

コーション司教が速やかな処刑を促《うなが》したが、兵士二人が動き出そうとした瞬間にその名が相次いで呼ばれ、彼らもまた棒立ちになった。

やがて誰かが叫んだ。

「殺すな！　この女《ひと》は聖女だ！」

同調する声がひとつまたひとつと重なる。助けろ、神の遣いだ、殺すな、縄を解け。追い詰められた司教が、殺せ、と致命的な喚きを口から溢《あふ》れさせてしまっても、その言葉は、地響きのような無数の叫びにかき消された。

やがて、魅入られたように兵士たちが彼女のもとに進み出ると、背後に回って、彼女の身体と杭とを結び付けている縄に手を伸ばす。ほんのふた呼吸ほどの時間で、縄は命を失った蛇のようにくたりと地面に落ちた。

彼女は胸元に差していた十字架を、群衆に見えるように、高く掲《かか》げた。

「私は必ずこの町に再び戻るでしょう。神の与え給うた使命を果たすために。貴方がたの助けに報いるために」

――史実においてさえも。

彼女の火刑が終わった後にその聖性を確信し、「俺たちは聖女を焼き殺してしまった」と叫び、呆然《ぼうぜん》とするイングランド兵がいたという。

彼女を厭《いと》う貴族ラ・トレモイユから監視の命を与えられたはずのジル・ド・レを心酔させ、自身の忠実な信徒に変えたという。

まじない師の助言や託宣を退けたシャルル七世から、謁見したその日のうちに信頼を獲得し、やがてフランス防衛のための戦いを決意させたという。

彼女の精髄は武勇ではない。剣術でもない。

神に仕えしオルレアンの乙女ジャンヌ・ダルクの英雄たる本質は——

感化、鼓舞、煽動《せんどう》。

ジャンヌ・ダルクは、一六一一周目にして、ヴィユー＝マルシェ広場を悠然と横切り、ルーアンを脱出した。

■

ジャンヌの「再検討」に関わった正義党フランス党員の全てが、その手法に諸手《もろて》を挙げて賛成したわけではなかった。通常、シミュレートによる歴史人物の再検討においては、量子コンピュータ内で一回の試行ごとに記憶がリセットされる。人生を様々なパターンで何度も繰り返している、という異常な状況を、模造人格に悟らせないようにするためである。記憶を残したまま死に戻りを反復させる、というのは、ヴィラールによって考案された新しい審判の形なのである。それゆえに、正義党内でも慎重な意見は存在しており、主に二つの懸念点が議題に上った。
一、将来的に模造人格一般の人権が認められた場合、このループを模造人格に体験させたことが非人道的と糾弾《きゅうだん》されうるのではないか。
これにヴィラールは熱を込めて反駁《はんばく》する。まず再検討手法の詳細は極秘であるため問題にされることはない。また模造人格一般に人権が確立される時代が来たとしても、ジャンヌ・ダルクのように戦場で多くの兵士を死なせた者の模造人格であれば、かえって人道上、正義上の観点から、例外とされる可能性が高い。
二、ジャンヌの模造人格に記憶を保たせたまま蘇らせ続けた場合、記憶を毎度リセットし外部要因を変化させながらシミュレートを行う場合に比べて、模造人格側の経験の蓄積によって、不測の事態が生じうるのではないか。
これについては、正義党フランスによって招集された「ジャンヌ・ダルク再検討のための民間人諮問会議」の出席者である弁護士モーリス・カルタンが、シンプルな答えを出している。

不測の事態が生じたとしたら、またやり直せばそれでよい。

テラー『正義と炎の時代』

■

屋外から差し込む午後の陽光は、聖母子を象《かたど》ったステンドグラスによって七色に染め上げられ、オルガンの厳粛な響きと、年若い修道女たちの軽やかな歌声とが編み上げる聖歌によって、聖堂は、神聖でありながらどこか優しい空気で満たされていた。

老齢のジャンヌは最後列の長椅子に腰かけて、その空気に酔うようにうつらうつらとしている。

因果なことに、彼女の終《つい》の棲家《すみか》は、かつて彼女を異端として裁く審判が行われたサン・トゥアン教会に隣接する修道院となった。修道服に身を包んだ彼女は、ここで暮らす最高齢の女性となっており、薬草庭園の水やりをする以外の仕事は免除されていた。

二周目から一六一〇周目のジャンヌ——いや、ジャンヌの模造人格に与えられた人生は牢の中で目覚めてから同じ日の正午ごろに焼死するまでの数時間だったが、ルーアンを生きて脱出したこの周回において彼女の得た余生は、五十年を超えた。

彼女が途上で合流したかつての戦友たちに伴われ、宮廷に再び馳《は》せ参じた時、既にジャンヌ生還の報を得ていたシャルル七世も驚きを隠さなかった。

ひとたび戦場に舞い戻り、軍旗を掲げさえすれば、救国の乙女は自身の使命を忠実に果たす。彼女が先陣を切り突撃するとフランス軍は士気高くそれに追随《ついずい》し、イングランド軍は泡を食って潰走する。何しろ火刑台から奇蹟的な生還を遂げた、神がかりの英雄である。イングランド兵の中でも、ルーアンの奇蹟の噂は広まっている。聖女に弓引く勇気のある者は少なく、彼女は快進撃を続けた。パリを陥《お》とすのには三ヵ月かかったが、ルーアンに入った際には市民のほとんどが彼女の再訪を待ちわびており、イングランド兵は勝手に逃げ出していた。オリヴァーや一部の兵士などは、投降したうえで彼女の麾下《きか》に入った。フランスにおけるイングランド最後の拠点であったボルドーを奪還したのが一四三九年で、これは史実より十四年早く、即ち、百年戦争の終局を彼女の独力で十四年早めたことになる。

戦後のシャルル七世は税制改革や国軍の創設、教会の統制など、王権の拡大に余念がなく、ジャンヌの異端を取り消す復権裁判を開いたのちは、速やかにジャンヌを遠ざけてしまった。そもそも、火刑前、ジャンヌが捕らえられた際に身代金を支払わなかったことからも知れるように、シャルル七世にとって、ジャンヌはあくまでフランス守護のために神から受け渡された道具に過ぎなかった。

もとより私心の無いジャンヌにとって、その扱いはむしろ有難いものだった。祖国防衛の大役を終えた彼女は、戦場を離れても神の傍《そば》に仕え続けるために、修道女となった。フィリップ善良公のような野心ある者たちが、新たな戦場へ導こうとジャンヌのもとに日参したが、彼女は固辞した。

当時の女子修道院というものは決して、絵に描いたような敬虔な者のみが生活する、理想の信仰の場という訳ではなかったのだが、しかし、神意の生き証人であるジャンヌが目の前にいるだけで、年少の修道女も主の存在を肌で感じ、己の品行を正すのだった。その威厳が、救国の乙女には、年月を経ても確かに存在した。

とはいえ彼女も既に七十代になり、心臓を患《わずら》い、既に何度か倒れている。ジャンヌによって勝利者となったシャルル七世も亡くなって久しいし、サン・トゥアンを訪れるたび庭園に植えるための薬草の種を幾つも渡していった老境のジル・ド・レも、数年前に戦場で亡くなった。彼女への迎えが来る日も近いであろうと、彼女自身も、周囲の人間も気づいていた。

屋外で一羽の鳩が飛び立ち、その羽ばたきが聖歌の間隙を縫って聖堂の中まで届いた。

彼女の死に顔は安らかだった。修道女たちも、長椅子に腰かけた彼女が微かに上げた声には気付かなかった。その表情は、眠るような、というよりは、心に残した全ての荷を下ろしたような、すがすがしいものであった。

そして目覚めると、彼女は肌寒い牢の中にいた。

■

正義主義歴史学者たちにとって、シミュレーションの中で一度や二度、対象人物が元の人生より幸福な一生を過ごしたところで何の問題もない。

そんなものは眼中に無いとさえ言えた。いちいちシミュレートしては一回ごとにその結果を確認する訳ではないのだ。まず一定回数のシミュレートを自動で試行したのち、その結果の中から条件に合うものだけを機械的に抽出すればよい。ヴィラールはジャンヌが広場を脱出し、フランス全土を奪還して天寿を全《まっと》うした一六一一周目の存在を一顧《いっこ》だにしなかった。

ジャンヌ・ダルクの模造人格にまず課せられたシミュレートは、彼女の実人生の追体験を含めて二万回であり、これは一度が三時間で終わった場合、七年弱に過ぎないが、仮に二万回中二千回で四十年の生涯を送った場合、それだけで八万年となる。

テラー『正義と炎の時代』

■

ジャンヌが次にルーアンを脱出したのは、一六二三五周目のことだった。

火刑の場に戻ったのが体感で数十年ぶりであり、広場にいる人間を懐柔《かいじゅう》して脱出するための細かい手順を思い出すのに手間取った上に、脱出後の指針を決めあぐねていたからである。

フランスを救えというのが、彼女が「声」から授かった大義だった。イングランドからフランスの大地を取り戻すというのが、彼女の負った使命だった。それを無事に果たして、更に残りの人生まで信仰に捧げて、それで一体何が足りなかったというのか。「声」に尋ねようにも、処刑の日に舞い戻る奇蹟を得てからというもの、彼女は「声」を聴いていない。幼少の砌《みぎり》から彼女とともにあり、彼女を導いた天使ガブリエルの声は、既に彼女の耳から失われて久しく、その声色を思い出すことも怪しくなりつつあった。彼女が己の身に起きている反復を誰にも打ち明けなかったのは、「声」の指示が無かったためである。

この周回では、彼女は再び軍の先頭に立つことが叶ったものの、フランス全土を解放することはできなかった。パリ奪還戦の際に引き際を誤って矢傷を受け、それがもとで亡くなったのである。それは、自身の選択が神の意志に添っている、という確信を改めて強固にしようと、無謀を重ねたための失策だった。つまり史実の人生で経験したのと似たようなミスではあるが、彼女が自信を喪失しつつあったという点では、明らかに状況は悪化していた。

一六一一周目に彼女が備え、フランス軍に無限の力を与えていた狂信の力は、以降の周回においては、必ずしも毎回は発揮されなかった。一六四五周目ではシャンパーニュへの進軍の最中、イングランド兵から奇襲を受けた際の落馬がもとで亡くなり、一六六六周目ではギュイエンヌにおいて渡河《とか》作戦に失敗して溺死《できし》した。一六七三周目には彼女を疎《うと》んだ貴族ラ・トレモイユによって毒殺された。もちろん、どんな死に方をしようとあの牢獄に戻ってきた。

一六九一周目でようやく再びフランス全土を解放したが、ジャンヌのためにかつての異端判決を破棄する形式的な復権裁判がノートルダム大聖堂で執り行われた際、彼女は突然、群衆の前で、予定にない演説を始めた。

「私はいまだ、神のお与えになった役目を果たしておりません。敬虔篤実なる我らが王に仇《あだ》なし、信仰深き人々の命を脅かした愚昧《ぐまい》な僭称者《せんしょう》を駆逐《くちく》するまで、私に与えられた使命の解かれる日が来ることがありましょうか」

――彼女は、彼女に押された異端の烙印《らくいん》を撤回するために行われた儀式の場で、イングランド王を討《う》つまでは、自身を異端とする言説に反論できないと主張したのである。

詰めよせた民衆がその宣言に快哉《かいさい》を叫んだのに対し、聖職者や貴族たちは戸惑った。そして誰よりも動揺し、不快感を示したのが、王政の地盤強化を望んでいたシャルル七世である。イングランド遠征に特段の利益も勝利の可能性も見出せなかった王は、ジャンヌに四艘《そう》の船とわずかな武器、食料しか与えなかった。

それでもジャンヌは自身を信奉するごく一部の兵士とともに船でブリテン島に渡った。仲間にはイングランドからフランスへ寝返った兵もいたが、これまで一度もイングランドの地を踏んだことがなかったジャンヌの指揮は当然ながら空回りし、あっけなく討ち取られた。

一七一〇周目から一八〇〇周目の間に、ジャンヌは二十回ほどフランスを解放し、その度にシャルル七世を様々な手管《てくだ》で説得し、一八一六周目、自然災害や麦の不作を「予知」して見せたことでシャルル七世は腰を上げ、イングランドへの大規模な遠征を開始した。

ロンドンにおいてヘンリー六世を捕らえ、ウェールズにおいてヨーク公リチャードを討ち、シャルルの娘婿であるアメデーオ九世をイングランドの統治者に据える。その全面勝利へ辿り着くには、ブリテン島の見知らぬ土地がよく見知った土地になるまでの期間を要した。具体的には、ルーアンでの火刑二百七十二回分である。

それだけの犠牲を払いはしたものの、彼女は、最初の人生で討つことを命じられたイングランド軍を、イングランド本国においても追い詰め、フランスに従わせることに成功した。実に一九六三周目のことであった。

彼女はこの周回でも修道院に入ったが、今度の余生は気がかりを残したままのものであり、病に倒れて修道女たちに看取《みと》られるときの表情も、硬く、憂《うれ》いを帯びたものだった。寝台に横たわり死にゆく聖女の相貌に安らぎの色が無いことを見て、彼女の経てきた戦いの壮絶さを読み取り、修道女たちは労《いたわ》しげに祈りの言葉を捧げた。薄れゆく意識の中で、ジャンヌは彼女たちの祈りが神に届くことを願わずにはいられなかった。

もちろん意識は闇の中から再び浮上し、お定まりの灰色の天井へ戻ってきた。

「まだ足りなかった！」という悲鳴のような声を、牢番は牢の外から耳にしている。

■

正義党政権の統括下で行われた非公開の民間諮問会議において、記憶保持・時間反復型の再検討をジャンヌに対して行うかどうかの評決が採られた際に、ヴィラールに強く同調し、賛成の流れを決定づけたのがモーリス・カルタンであったが、彼は実のところ、筋金入りの正義主義者というわけではなかった。

彼の表向きの顔は正義党フランスに共鳴する清廉潔白な弁護士だったが、もう一つ、裏の顔をもっていた。フランス祖国再生党の後継グループ、ネットを中心に活動する「救国会議」の一員として、匿名《とくめい》で活動していたのである。ジャンヌ・ダルクらの英雄に同情的な記事を執筆し、受難に遭《あ》った歴史人物にフルニエの姿を重ねて正義党フランスや正義主義を批判する主旨の発言を繰り返し、活動資金を集めていたような彼が、ジャンヌの模造人格を二万回火刑台に追いやることを後押しした理由については、「救国会議」のメンバーに送ったメッセージで明かされている。

もしもジャンヌがルーアンの広場から逃げおおせたら、百年戦争の終結まで彼女は活躍し、イングランド兵を大陸から駆逐し得たかもしれない――幾千幾万の試行において、たった一度でもそういった周回が得られたとすれば、これはフランス国家主義の再生にあたって、格好の宣伝材料となり得るだろう。

つまり、正義党フランスがジャンヌを失墜させるための記録を確保しようとしたのに対して、フランス祖国再生党の流れを汲む者は、ジャンヌを政権奪取に利用するための記録を確保しようとしていた。本来、対立し合うはずの二者は、互いの利益の一致によって、ジャンヌの運命を弄《もてあそ》ぶ共犯者となったのである。

テラー『正義と炎の時代』

■

二〇一一周目のジャンヌはフランス奪還とイングランド制圧ののちヨーロッパを西進し、神聖ローマ帝国のフリードリヒ三世を退位させて、シャルル七世の庇護《ひご》をうけたディスラウスを帝位につけさせた。

二〇七三周目には、東ローマ帝国からの救援要請を受けて、フランス・イングランド・神聖ローマによる三ヵ国連合軍の先頭に立ち、コンスタンティノープルで奮戦し、オスマン帝国を撃退した。

二一五四周目では、活版印刷を十四年先取りしてジャンヌ版聖書を欧州に広め、シャルル七世を盟主とするフランス・イングランド・神聖ローマ・ハンガリー・ボヘミアの五ヵ国連合軍を率いてオスマン帝国を滅ぼした。

二二一七周目に到って十一ヵ国連合軍はマムルーク朝に攻め込み、およそ百五十年ぶりに聖地エルサレムをキリスト教徒のもとに奪還し、教皇らを招いて公会議を開かせ、東西教会を統一させた。

二五四三周目、ティムール朝を滅ぼし、大聖堂を築いたイスファハーンにおいて、イスラム科学とギリシア語古典にキリスト教神学が結びついた、正史とは異なるルネサンスが花開き、原始的な蒸気機関が発明された。

二七九六周目、明帝国へ向かう途上のインダス川渡河作戦を前にして、八十一歳で寿命が尽きた。

三〇〇二周目、ジル・ド・レとともに没頭した錬金術研究で、パラケルススに先んじてアヘンチンキを合成した。

三二二五周目、シャルル七世を含む各国君主をアヘン漬けにし、三十年でユーラシア大陸をほぼ統一した。

三四〇一周目、大船団を率いて西回り航路を進み、アメリカ大陸に辿り着いた。

三四四八周目、インカ帝国とアステカ帝国の皇帝の双方を改宗させることに成功した。

三四七六周目、グリーンランドに建てた教会に住まい、イヌイットの人々に神の教えを説いた。

三五一〇周目、北極へ向かう探検隊を指揮していたジャンヌは、犬ぞりから落ちて意識を失い、凍死しかけたところをオリヴァーとジル・ド・レとに助け出され、叩き起こされた。朦朧《もうろう》とした意識の中、虚《うつ》ろな瞳で、自身が生き返り続けていることを初めて二人に打ち明けた。翌朝、彼女が正気を取り戻したのち、二人に口止めを頼み込んだが、彼らは生涯、誓いを破らなかった。

三五一一周目、牢番は、呼びかけても返事が無いことを不審に思い、閂を開けて牢内に踏み込み、決して自ら死を選ぶことのないはずの乙女が神に背いて首を括り、静かに横たわっているのを発見した。既に血の気の引きつつある顔色は蒼黒く、その命は今にも絶えようとしていた。牢番は彼女が死の恐怖以上の何かから逃れようとしたのだと理由なく確信して、得体の知れぬ感情に襲われ、涙ながらに胸で十字を切った。

三五一二周目、牢番は、呼びかけても返事が無いことを不審に思い、閂を開けて牢内に踏み込むと、彼女は既に立ち上がっていた。何事か思案するように壁の方に向いていた彼女は、牢番を振り返るなり言った。

「たった今、私は今日まで尽きせぬ加護をお与えくださった神を裏切り、異端の身に落ちました。どうか私を神の火で焼いて下さい」

■

二〇〇〇〇周目までのシミュレーションが終わり、その機械分析が行われたが、結果は、再検討を主導したヴィラールには不満が残るものであった。

何よりも彼の望んでいた結果、ジャンヌが神を呪い怨嗟《えんさ》の言葉を吐く周回が得られなかったためである。

なるほど、確かに、アメリカ先住民やアフリカ大陸の諸王国の人々に対して、相手の文化を尊重せず改宗へと導こうとしたこと、いったん戦端が開かれれば軍備の圧倒的な差にも容赦なく切り込んでいったことは、現代人から見れば糾弾されるべきものではあるし、非キリスト教徒からは大きな反発を生むはずだ。そもそもフランスの外へ進出していったのは侵略戦争でありキリスト教徒でも眉をひそめるだろう。ヨーロッパ統一までの時間短縮のために、アヘンを利用して各国の君主の判断力を鈍らせたことなども、ジャンヌのイメージを下げるのには役立つかもしれない。しかしそれらさえも、未《いま》だに彼女を信奉する過激派にとっては、使命に燃えるがゆえの盲目としてむしろ肯定的にとらえられる可能性が高い。かといって、三五一一周目に自死を選び、狂信の座から下りて以降の周回は非常に退屈であり、歴史論争において有用なものではない。

是が非でも、彼女が己の命に倦《う》み、狂乱し、神とフランスに呪いを吐く姿が、正義と寛容あるフランスの未来のために必要である。

……これらは、ヴィラールが諮問会議での説得のために準備していた草稿から読み取れる意見であり、ヴィラールの思うような醜態《しゅうたい》を晒さないジャンヌに対して彼が単に苛立ち、屈服させたかっただけだとする見解もある。

いずれにせよ、彼は諮問会議にかける議題として、ジャンヌの「再検討」の延長、具体的には二百万回の追試を予告した。

一方のカルタンもまた、追試に賛同する準備を固めていた。彼の側は「ジャンヌがフランス軍を指揮してイングランド勢力を大陸から完全に追い出し、百年戦争を終結させる」周回が得られたことで、当初の目的は完全に達成されていた。しかしその上で、神の意図を測りかねたジャンヌが世界を巡ってフランス領地を広げていった様に歓喜し、シミュレートを繰り返せば更に華々しい成果が得られるのではないかと期待したのである。三五一一周目に自死を選び、フランス奪還の役目を下りて以降の周回は非常に退屈であり、二〇〇〇一周目以降には改めて使命を認識させるための調整が必要だろうが、上手くすればジャンヌを世界帝国の皇帝にすることさえ可能かもしれない。

彼は、人知を超えた歳月を生かされるジャンヌの苦難の遍歴に魅了されていた。貪《むさぼ》るように行動記録の鑑賞に没頭し、本来、政府内からしかアクセスできないジャンヌの二万回分の行動記録を、自身の端末からも閲覧可能にした。

そういったセキュリティ意識の低さが——あるいは、それほどまでにジャンヌの生きざま死にざまに目を奪われたことが、最終的にカルタンの足をすくい、正義党の歴史、ひいては世界の歴史を変えた。

テラー『正義と炎の時代』

■

三五一三周目から二〇〇〇〇周目のジャンヌの人生は、平々凡々たるものであり、何ら特筆すべきことはなかった。どの周回においても、いつもの手順を踏んで聖女と讃えられ勇ましく広場を脱出した救国の乙女は、再び戦場に訪れることなく姿を消した。

一部貴族の突き上げを受けたシャルル七世が彼女を呼び戻そうと使者を送っても、なしの礫《つぶて》だった。かつての戦友たちが、帰還を願って彼女のもとを訪ねても、答えは同じだった。導き手であった「声」がもはや自分のもとを去ったため、使命を果たす力を失ってしまったのだ——と彼女は説明した。

貴族たちが、彼女の代わりになる偶像を探して、やはり神の声を聞いたと称する少女や少年を担《かつ》ぐことはあったが、ジャンヌほどの戦果をあげた者はいなかった。それらの中にはイングランド兵やブルゴーニュ勢力によって処刑される者もおり、下手に生き延びたジャンヌよりも名を轟《とどろ》かせることさえあったが、結局は毎度、史実と同じように、シャルル七世による地道な国土回復戦争と和平交渉のおかげで、百年戦争は終結した。

その間、ジャンヌは単なる富農の娘として生きた。家業を継いでブドウやリンゴなどの果物を育て、小作人たちの要望を聞いて争いを調停し、水車を管理し、妖精が宿るという樹を守った。教会に通うことはあっても、修道院に入ることはなかった。

純潔の誓いを破って、ごくごく平凡な、村の青年と結婚し、子供を育てたことさえあったが、これは比較的回数としては少ない。自身の死とともに最初から無かったことになる命に対して、思うところがあったのかもしれない。

貴族からの資金援助を受けて、男装してパリの大学に通うこともあった。神学、数学、幾何学、天文学、音楽、学問でも芸術でも、その時の興味関心の赴《おもむ》くままに学んだ。しかし、数字を操っても後世の知識を用いて科学史を先取りするようなことはしなかったし、五線紙に向かっても文化史に残るほどの名曲を書き上げるようなことはなかった。形あるものはすべて、一切が次の周回に持ち越せないと知っていたからかもしれない。活版印刷がなかなか発明されないことに不便を覚えたりもしたようだが、敢《あ》えて先に作りだそうとはしなかったし、幻覚を生むという薬草を試すことはあっても、アヘンをもう一度使うことはなかった。

時には、戦場にあった頃の知人を伴って、ふらりと旅に出ることもあった。何しろ、遠つ国へ向かう道だけは良く知っているのだ。以前は戦場から戦場へと向かう道行きで目もくれなかった、各地の景勝地を見て回り、長逗留《ながとうりゅう》することもしばしばだった。

かつての周回とは異なり、新大陸や東アジアまで向かうことはなく、ブリテン島や神聖ローマ、足を延ばしてもバルカン半島までだった。それより先に、キリスト教国家の庇護は無いし、また取り戻すのも骨であると知っていたからだ。

彼女に付き従った者たちは、はじめ、彼女が再び神の徴《しるし》を見出すために旅をしているのだろうと信じていたが、やがてそうではないと気づいた。彼女は神のためでなく、自分自身のための人生を生きているのだ。神を信じぬ者ならいざ知らず、神の存在を一切疑わず確信しているらしい彼女が、なぜそのように生きられるのか、彼らは訝しんだ。

二〇〇〇周目においても、多くの人生においてそうであったように、彼女は病に倒れ、その死が何らかの区切りになるとは露《つゆ》ほども思わず、新たな目覚めがあるだろうことを受け入れながら、死を迎えた。その心を覆っていた色彩は、諦念《ていねん》と呼ぶにはいささか長い時を経過ぎて、色あせたものだった。

■

追試を承認する諮問会議の開催直前に発生した、カルタンを狙ったハッキング事件の犯人は特定されていない。それが表向き人権派弁護士として正義主義に従うカルタンを標的とした国家主義者の犯行だったのか、「救国会議」幹部として活動する匿名の彼を標的とした、正義主義者の犯行だったのか、現時点では、ワームホール使用制限条約の百年条項により、確認することは不可能であるが、いずれにせよ、何者かの手でウェブ上にカルタンの端末の中身が流出させられたことは確かである。

匿名の右派活動家の正体が、表向きは人権派弁護士として正義主義に追従するカルタンだったという事実は、疑いようのない醜聞《しゅうぶん》であったが、ただし扱いとしては些細《ささい》なものだった。歴史的なスキャンダルの火種となったのは、それ以外に偶然ハッキングで表ざたになった情報——諮問会議の議事録と、ジャンヌ再検討二万回分のデータへのアクセス方法であった。

これにより、一般市民にも、正義党政権のプロジェクト下で、フランスの誇る英雄、十九歳の乙女の模造人格が二万回にわたり殺されたという事実と、彼女の受難の日々の細部が知られることになった。それは、第六共和政の社会統治に不満を高めつつあった人々の、怒りを爆発させるにあまりある内容だった。

正義党フランスと救国会議の双方が内紛の末に崩壊しただけでは済まず、正義党本部襲撃、ルーアン人民裁判所でのテロ、レコンキスタ22の台頭、四年に及ぶ三頭政治、EU離脱、ルール占領、中西欧危機……引き続いた動乱の底には常に、一般のフランス国民——二万周分のジャンヌの体験の一部に触れた人間の、何者かに突き動かされるような衝動が流れていた。

その興奮は、肉体を持たない模造人格に対するシンパシーと考えればいささか熱狂的に過ぎるきらいもあったし、シミュレートの中でジャンヌに征服された国の人々や、非キリスト教徒にとっては脅威以外の何物でもなかったが、ある意味では当然のこととみなせるだろう。なぜなら、しばしば語られるように、ジャンヌ・ダルクの本質は、感化と鼓舞、そして煽動なのである。

ジャンヌ「再検討」をめぐるスキャンダルを端緒とした混乱による死者数の合計は、フランス国内のみで、三十万人を超えるとされている。その困難な時代を乗り越え、シミュレートでの二〇〇〇〇周目の終了から、二〇〇〇一周目が開始されるまでに、現実世界においては十九年が経過していた。

二〇〇〇一周目の彼女がどんな運命を辿ったかに関しては、公開情報になっていない。

スティーブン・テラー『蓋然性の歴史学』第八巻『反動と土の時代』

■

気が遠くなるほどの歳月、幾度も幾度も繰り返された、小指の先ほどの代わり映えもない儀式。彼女は夢の中でさえ同じ光景を何度となく見たために、その場で発される全ての言葉を諳んじることができたし、その場にいる誰がどんな表情をしているか、正確無比に思い描くことができた。

聖書を引用した説教がなされ、判決文が読み上げられ、そして杭に縛られた彼女が十字架を乞う。小枝で組まれた十字架を兵士から授かった彼女が、もはや夢の中でさえ間違えることのない彼の名と過去を言い当てるべく、口を開きかけた瞬間だった。いきなり兵士が片膝を折ると、告げた。

「私は、オリヴァーではありません」

今まで一度も向けられたことのない言葉を耳にして、これまでの幾多の周回とは逆に、兵士ではなくジャンヌの方が、魔術を受けたように硬直させられた。

ジャンヌは、しばし呆然と兵士を凝視していたが、異様な気配を察して首を巡らす。

全てが静止していた。先ほどまで固唾《かたず》を呑んで台上を見守っていた群衆も、火刑の段取りを相談しあっていた兵士たちも、異端者についての囁《ささや》きを交わしていた聖職者も、誰もが絵画に切り取られたように静止したまま微動だにしない。たった二人、ジャンヌと、眼前の兵士を除いて。

何千年も忘れていた、驚きという感情に、ジャンヌが深く打ちのめされているうちに、兵士が続けた。

「貴女の身に起きた果てしなく長い繰り返しの日々は、神の御業ではありませんでした」

その簡潔な説明で、ジャンヌは、自身が相対している者が、彼女の生きてきた永遠の牢獄を知る存在なのだと理解していた。震える唇で、彼女は尋ねた。

「では、悪魔の所業だったのですか？」

「いいえ、己の罪科の重さを知らぬことでは悪魔にも並びましょうが、それを為したのは貴女の同胞、矮小《わいしょう》な人間たちでした。貴女の威光に目を晦《くら》まされ、惑わされたがゆえに、貴女を陥れる過ちを犯してしまった」

その言葉は、雨水が地面に吸われるようにゆっくりと心に染みていったが、彼女自身意外なことに、失意や怒りの激情は湧《わ》いてこなかった。もしも、もっと早く知らされていればそんな強い感情を持てたかもしれないが、彼女を苛んだ歳月は、あまりに長かった。

ジャンヌは、自身を苦しめた者たちについて問いただす代わりに、別の質問をした。

「貴方は、神の遣いですか」

「いいえ。私は、貴女を苦しめた者たちと同じ場所から来た、ただの伝令者に過ぎません。オリヴァーの身を借りて、貴女に言葉を伝えに来たのです。これが貴女に与えられた、最後の命ですと。次に貴女が死んだとき、もはや生命と時間の条理は覆らず、貴女が蘇ることはありません」

沈黙が流れた。無言の群衆の中にあって二人が口を噤《つぐ》んでいる間、世界にはジャンヌの息づかいの他、あらゆる音が存在しなかった。

どれほどの時間が経っただろう、やがて口を開いたのはジャンヌだった。

「もう、二度とあの牢獄に帰ることもない、と仰るのですか?」

「その通りです。それこそが、我々が貴女のために与えられるただ一つの償いでした」

ようやく、ジャンヌの胸のうちで、感情の波がうねりはじめた。歓喜だろうか、安堵だろうか、畏怖だろうか、それともその全てだろうか。感謝の言葉を口にしようとするが、あらゆる思いが溢れそうになって、うまく形にならない。迷っているうちにまた、相手が喋り始めた。

「この広場を、ルーアンを脱出した後の貴女には、全ての自由がある。再び戦場に赴くことも、フランスを救うことも、イングランドに渡ることも、世界の覇者となることも、そして、ドンレミの村娘に戻ることも。ただ、その代わりに、死んだらもうやり直すことは叶わない。どうか、奇蹟を持たないあらゆる人間がそうであるように、繰り返すことのない命を生きて欲しい」

ジャンヌは軽く天を仰いだ。それは、相手に自身の表情を見られまいとしての行為にも見えた。

目を合わせぬまま、ジャンヌは独り言のように呟いた。

「もしいつの日か、そんな願ってもない幸運がこの身に与えられる日が来たならば、どんな未来を選び取るか、ずっと前から心に決めておりました」

それは虚勢ではなく、胸に秘めていた真実だった。神にさえ悟られぬように、口に出さなかった願いだった。

「では、伝令の任務はここまでです。ジャンヌ・ダルク、貴女のご武運を祈ります」

「ありがとう。名も知れない貴方の慈悲に感謝します」

目線を下げた彼女がそう告げるなり、静かだった世界に音が満ちた。群衆のざわめき、鳩の羽ばたき。再び、時間が動き始めたのだ。

たった今ジャンヌに十字架を与えたはずのオリヴァーは、なぜか自身が片膝をついていることに戸惑っているようだった。そこに、ジャンヌが声を掛けた。

「貴方には返し切れぬほどの恩を受けました。貴方の未来に幸運がありますように」

オリヴァーは一瞬、面食らったが、一人のイングランド兵として、ごく当然のことをしたまでだと言わんばかりに、軽く礼をした。

彼女はオリヴァーの名を呼ぶこともなかったし、ラルフの名を呼ぶことも、ルーアンの人々の名を呼ぶこともなかった。彼女は最後の周回で、彼女に戻ることを選んだからだ。

足元の薪に火が灯《とも》された。

火柱が立ち上がって彼女を抱擁し、その涙を拭《ぬぐ》った。

初出
石川宗生「うたう蜘蛛」
宮内悠介「パニック　―一九六五年のSNS―」
小川一水「大江戸石廓突破仕留」
伴名　練「二〇〇〇一周目のジャンヌ」
以上、小説現代2022年4月号より
斜線堂有紀「一一六二年のlovin' life」
小説現代2022年10月号より

講談社タイガ

〈著者紹介〉
石川宗生《いしかわむねお》／小川一水《おがわいっすい》／斜線堂有紀《しゃせんどうゆうき》／伴名《はんな》 練《れん》／宮内悠介《みやうちゆうすけ》

if《イフ》の世界線《せかいせん》

改変歴史《かいへんれきし》SF《エスエフ》アンソロジー

2022年10月14日　第1刷発行　　定価はカバーに表示してあります

著者……………………………石川宗生《いしかわむねお》　小川一水《おがわいっすい》　斜線堂有紀《しゃせんどうゆうき》
伴名《はんな》 練《れん》　宮内悠介《みやうちゆうすけ》

発行者…………………………鈴木章一
発行所…………………………株式会社 講談社
〒112-8001 東京都文京区音羽2-12-21
編集03-5395-3510
販売03-5395-5817
業務03-5395-3615

KODANSHA

本文データ制作……………講談社デジタル製作
印刷……………………………株式会社ＫＰＳプロダクツ
製本……………………………株式会社国宝社
カバー印刷…………………株式会社新藤慶昌堂
装丁フォーマット…………ムシカゴグラフィクス
本文フォーマット…………next door design

ISBN978-4-06-529626-4　N.D.C.913　286p　15cm